22 novembre 2008

À

qui lira ce li...
avec un de ses
trois chats sur les
genoux , en gardant
sa nièce Mélodie (quand
le bébé va dormir, évidemment !)

MyGodof

C'est pas dimanche!

MJ GODBOUT

C'est pas dimanche!

TOME I : LE CAMP SELABOR

Illustration de la couverture : Pierre Brignaud

ISBN 978-0-9781730-0-5

Dépôt légal – Bibliothèque et Archives nationales du Québec, 2006

À Simone et Pierre

Merci à Stéphane, Pierre et Jean-Sébastien, mes tous premiers lecteurs.

Merci à Geneviève Gareau, généreuse et enthousiaste enseignante à l'École internationale de Montréal, et à sa classe de cinquième année, remplie d'élèves à l'esprit pétillant. Un merci particulier à l'un d'entre eux, l'incomparable Oscar, un lecteur que je recommande à tous les auteurs.

Merci également aux bibliothécaires de la bibliothèque Benny, ainsi qu'aux trois jeunes abonnés triés sur le volet.

Merci enfin à Carole qui a su trouver un peu de temps pour m'encourager concrètement.

1

Un réveil brutal (je vous jure!)

La première journée des vacances scolaires s'annonçait parfaite.

Paaar-fai-teu.

Madame Shupiwa, une enfant un peu gâtée, moyennement têtue et très soupe au lait, paressait dans son lit. Une douce brise venait caresser ses paupières. Vous savez, c'était un délicieux matin d'été… un de ceux où les draps sont si hospitaliers que même le petit orteil ne veut pas mettre le nez dehors.

Madame Shupi – comme l'appelaient ses amis – était à moitié éveillée et songeait au merveilleux été qui l'attendait chez sa grand-mère à la campagne. Pour rien au monde elle n'aurait manqué ce rendez-vous annuel. La jeune fille se délectait d'avance du parfum citronné des longues robes de sa chère mamie… et c'était sans parler des bonbons qui peuplaient ses poches! Les verres de limonade fraîche, les bains de soleil sur la plage, les promenades en trottinette et le sourire de sa grand-mère flottaient dans son esprit comme de grosses bulles rondes et légères. Disons qu'après une année scolaire aride et difficile, notre rêveuse ne souhaitait qu'eau et simplicité. C'est là qu'elle en était, alors que les paupières mi-closes, elle observait une coccinelle qui trottait mollement au plafond.

— Réveille-toi ma poupée, nous allons être en retard !

C'était la voix de sa mère… car les coccinelles ne parlent pas, enfin, pas encore.

La jeune fille n'en croyait pas ses oreilles. En *retard* ? Elle fit rouler le mot dans sa bouche pour le goûter. Beurk, oui, elle venait de le reconnaître. Retard : fait de ne pas être à temps, trop tard. Elle interrogea ensuite son cerveau assoupi, qui lui dit : « Comment ? Retard ? En vacances, on ne fait rien. Et quand on ne fait rien, comment peut-on être en retard ? Allez, n'y pense plus et rendors-toi. » Et voilà ! Bingo ! Madame Shupiwa fut rassurée et elle referma les yeux.

Son cerveau aurait plutôt dû déclencher l'alarme. À défaut de quoi, c'est le cri de sa mère qui retentit de nouveau comme une agaçante clochette.

— Allez, allez, nous sommes pressées, ma poulette !

Il fallait se rendre à l'évidence, c'était bel et bien la voix de sa mère qui l'appelait hors du nid douillet. Notre amie sentit le lit se creuser auprès d'elle et fit donc un effort suprême pour entrouvrir les yeux. Horreur ! Un monstre rempli de verrues jaunes et noires était à un souffle d'elle. Il la fixa de ses vilains petits yeux ronds et tira une langue rouge et pointue dans sa direction. La pauvre fillette recula en hurlant de terreur. Voilà qui était encore plus efficace qu'un verre d'eau dans la figure pour réveiller quelqu'un.

— Bon, enfin tu donnes signe de vie! s'exclama sa mère, assise auprès d'elle sur le lit. Je commençais à m'inquiéter, ma chérie. Dis-moi, que penses-tu de mon nouveau veston? C'est un Jungle-réalité! C'est le fin du fin en ce moment. Il y a un microprocesseur dans la couture et le tissu est composé de fibres optiques. Résultat: ce veston projette une image de vrai lézard. Regarde comme il bouge le coquin! Je vais faire sensation au bureau!

— Bravo, maman, c'est en effet sensationnel! concéda la jeune fille en regardant à nouveau l'affreuse petite bête et en se disant que oui, sa mère allait faire sensation au bureau. Restait à savoir quel genre de sensation...

— Cette chère petite bête porte le nom de «héloderme horrible». Je l'ai choisie parce que ses couleurs jaunes et noires s'agencent parfaitement avec mon pantalon. Qu'en penses-tu? demanda sa mère en se contemplant fièrement dans le petit miroir accroché à côté du lit.

— Ta chère petite bête porte bien son nom, répondit madame Shupiwa en tortillant une boucle de cheveux avec son index.

Elle avait attrapé cette boucle-là, mais c'aurait pu en être une autre, car elle en avait une tonne, de ces jolies boucles brunes. Celles-ci faisaient des vagues autour de sa tête comme des ressorts souples. En fait, sa longue chevelure ne retombait pas sur ses épaules, elle flottait. L'ondulation de ses boudins hypnotisait ses camarades pendant les heures de classe. Les autres fillettes en étaient jalouses, car malgré plusieurs essais avec des bigoudis, elles ne parvenaient pas à obtenir cet effet si mignon. Mais cessons de parler coiffure alors que madame Shupiwa est sur le point de recevoir un choc. Un autre choc. Un coup de matraque asséné par nulle autre que sa mère :

— Passons maintenant aux choses sérieuses, ma jolie, lui dit-elle, tout sourire. Comme je te l'ai déjà expliqué, tu commences aujourd'hui ta formation au camp Selabor.

— Le quoi ? grimaça Boucles brunes.

— Le camp Seee...laaa...bor, redit lentement sa mère.

— Le camp Seule à bord ?

— Oui, le camp Selabor ! répéta sa mère, une fois pour toutes.

Il y eut un bref moment de silence, suivit d'une explosion :

— Pardon ? Attends, attends... qu'est-ce que c'est que cette plaisanterie ? s'écria la jeune fille en secouant la tête.

Elle se redressa sur son lit. Son cerveau, même s'il était complètement éveillé maintenant, n'arrivait pas à faire les connections qui s'imposaient pour comprendre. C'était la déroute complète.

— Tu vas voir, tu vas voir, c'est un camp de jour exceptionnel! Aller, lève-toi! C'est pas dimanche! s'exclama sa mère, pour qui ce n'était jamais dimanche.

— Maman, tu ne m'en as jamais parlé... se lamenta la fillette.

C'en était fait de la sérénité matinale de madame Shupiwa. Dire qu'elle était contrariée ne décrirait qu'à moitié son état. Connaissant le talent de sa mère pour les projets plutôt casse-pieds, elle devint rapidement affolée. Elle tenta de saisir la dernière chance qu'elle avait de renverser la vapeur:

— Mais je ne peux pas aller à ce camp! Je serai chez grand-maman! Je suis déjà occupée!

— Ma chérie, il ne s'agit pas de t'occuper, il s'agit de te former, lui répondit calmement sa mère. Dépêche-toi de me rejoindre dans la cuisine, je t'ai préparé une supra-rôtie[1], trancha-t-elle en se levant. Puis elle se dirigea hors de la chambre en chantant un air d'opéra à tue-tête.

Madame Shupiwa ferma les yeux. Médita. Rouvrit les yeux. Première conclusion: sa mère faussait

---

1. Un supra-rôtie est une rôtie qui est très nutritive, mais qui malheureusement goûte le gazon.

toujours autant, particulièrement lorsqu'elle chantait de l'opéra. Deuxième conclusion : sa mère venait d'assassiner son été. La fillette sortit du lit sans grand enthousiasme et décida de s'habiller tout de noir en signe de deuil. De toute façon, c'était tout ce qui était à sa disposition, car le reste de ses vêtements participait à l'échafaudage de la plus haute montagne de linge sale au monde. Ses vêtements enfilés, madame Shupi-noire, traîna ses savates jusqu'à la cuisine.

Arrivée à table, elle s'aperçut que sa mère ne chantait plus.

En fait, elle avait tout à coup l'air vachement mécontent.

2

Nuageux avec éclaircies

— Ton bulletin scolaire vient de s'afficher sur l'écran de mon téléphone cellulaire, ma chère petite! annonça la mère à sa gamine, sur un ton menaçant.

Madame Shupiwa, en jeune fille expérimentée, se composa une mine surprise, avec de grands yeux arrondis, une bouche béante et tout le tralala. Puis, elle haussa les épaules comme pour dire « ça m'est égal ». Toutefois, on pouvait lire dans son regard : « Catastrophe! Pas déjà le bulletin! » Le moment était grave, car sa mère tenait à ce qu'elle soit première de classe... et ce n'était vraiment pas le cas! Et bonjour les cours du soir pendant tout l'été! Il ne manquait plus que ça! Oh, et ce n'était même pas le pire scénario, car il y avait le Japon! Madame Shupiwa vivait dans la crainte que dans un élan de mauvaise humeur, sa mère l'y envoie rejoindre son père. Il enseignait la littérature française à l'Université de Kyoto depuis quelques mois. Il avait beau être son papa, elle ne l'en trouvait pas moins pédant et ennuyeux. Une chose était sûre, elle préférait composer avec une maman cinglée plutôt qu'avec un papa assommant.

Madame Shupiwa se savait en mauvaise posture. N'y a-t-il pas un proverbe qui dit qu'un malheur n'arrive jamais seul? Après le camp Selabor, voilà maintenant que s'ajoutait le satané bulletin. Elle se tenait prête à répondre à toute attaque, comme un chat pris en souricière.

— Ne fais pas l'étonnée! cria sa mère. Écoute plutôt ce qui est mentionné dans ton bulletin! Elle marqua une pause pour chercher sur l'écran de son téléphone. Ah, bon, voilà, je te lis le compte-rendu de ton année: *Votre enfant est en progression para-doxale et tributaire dans son absoluité. Selon le trans-fert contextualisé, les compétences sont argumentatives dans leur spécificité. De plus, les articulations, expli-cites et implicites, trouvent leurs modalités dans leur déroulement. La mobilisation des savoirs disciplinaires en situation de production collective n'a d'égale que ses compétences langagières instrumentales, qui sui-vent une thématique, etc., etc.* Qu'as-tu à dire pour ta défense? barrit[1] sa mère en levant le menton.

Madame Shupiwa s'était tenue prête à utiliser son échappatoire préférée: le – faux – besoin pressant d'aller aux toilettes. C'était la meilleure excuse à son palmarès. Elle s'en servait à toutes les

---

1. Barrir: crier, en parlant de l'éléphant. Ce cri est particu-lièrement strident quand c'est celui d'une maman éléphant qui voit le vilain bulletin scolaire de son éléphanteau.

sauces : pour prendre le temps de réfléchir, pour échapper à une question embarrassante, et surtout pour éviter de desservir la table. Cependant, cette fois-ci, il y avait peut-être une meilleure solution. Malgré ses faibles talents en mathématiques, madame Shupiwa sut reconnaître l'angle avec lequel sa mère arquait le sourcil. Cet angle exprimait le doute. Sa mère avait un doute ! En fine mouche qu'elle était, madame Shupiwa se hâta d'en profiter. Elle joua son va-tout :

— Maman, je sais que tu es très perspicace. Pourtant, à t'écouter, on dirait que tu n'as pas compris ce qui est écrit dans mon bulletin ! Relis-le et tu verras qu'il n'y a rien de mauvais ! C'est du langage pédagogique ! Le professeur vante mes progrès extraordinaires !

— Allons, allons, que racontes-tu maintenant ? lui répondit sa mère en regardant sa montre d'un air préoccupé. Elle relut rapidement le texte en fronçant les sourcils : Bon, moui… peut-être, marmonna-t-elle en se mordillant les lèvres, je ne m'y retrouve pas dans ce langage sibyllin[2]. Je vais essayer de trouver du temps aujourd'hui pour relire ces chimères à tête reposée.

Il y avait fort à parier que sa mère ne trouverait jamais le temps pour relire ce bulletin ! Madame

---

2. Sibyllin : qui est mystérieux, obscur. Ça, les amis, c'est un mot de vocabulaire gagnant ! Excellent pour impressionner les professeurs ou vos parents.

Shupiwa n'osa même pas soupirer de soulagement, de peur d'être démasquée. La fillette louait les grands chefs du ministère de l'Éducation qui avaient réformé les bulletins. Du temps de ses ancêtres, il y avait des chiffres sur les bulletins et sa maman aurait vite compris que cette année consacrée entièrement aux mathématiques avait été pitoyable. Elle en avait encore mal à la tête. C'est que malheureusement, madame Shupiwa n'avait pas la bosse des maths. Si bosse il y avait, c'était à force de se buter misérablement contre les nombres, jour après jour, pendant toute l'année. En effet, la pauvre écolière était l'une des nombreuses victimes du nouveau système d'éducation dont la devise était «un sujet, une année». Ainsi, pendant huit mois, du matin au soir, les élèves pétrissaient toujours la même matière. La première année, la jeune élève avait donc appris à communiquer : diction, discours et théâtre étaient à l'honneur. La deuxième année était consacrée à la musique. La musicienne en herbe avait choisi le tuba, pour faire différent. Oui, elle fut très différente ! Alors que ses camarades de classe apprenaient à jouer de jolies ritournelles à la guitare, à la flûte ou au piano, elle devait s'adonner à un entraînement physique exigeant afin d'avoir assez de souffle pour réussir à faire chanter l'énorme instrument. Tout ce qu'elle put en tirer fut un son plus proche du pet d'éléphant que de la *Mélodie du Bonheur*. Elle espérait avoir plus de chance l'an prochain où elle apprendrait enfin à lire et à écrire !

Mais en attendant, la fillette devait poursuivre son combat :

— Alors, maman, parlons de ce camp de jour.

Madame Shupiwa faisait d'une pierre deux coups : elle se sortait du dossier périlleux du bulletin pour attaquer l'autre sujet menaçant : le camp.

— Oui, ce camp. Il est… extraordinaire ! répondit sa mère en joignant les deux mains, les yeux levés vers le ciel. Tu vas y apprendre à te débrouiller toute seule ! Tu y grandiras, oh… tellement ! Après un moment de recueillement, elle poursuivit son discours : Tu sais, j'ai de plus en plus de responsabilités au bureau et… il se peut que je doive rentrer plus tard à la maison. Je m'inquiétais pour toi, car comme tu le sais, tu es au centre de ma vie… murmura t elle en prenant la main de sa fille. Donc, je m'inquiétais pour toi, mais le destin a voulu que je tombe sur cette publicité dans le journal. On y annonce que le camp Selabor apprend aux jeunes comme toi à… s'épanouir. Tiens, je te lis le dépliant : *L'enfant ressortira grandi de son expérience au camp Selabor. Grâce à notre formation, il pourra dorénavant se prendre en main : cours de cuisine, de gestion du temps, de sécurité, et même plus ! Il deviendra un vrai petit adulte !*

La future vraie-petite-adulte arrêta de respirer, devint cramoisie et se mit à rire avec rage. Puis elle regarda sa mère droit dans les yeux.

— J'ai une meilleure idée : range-moi sur l'étagère du salon avec les bibelots et viens me faire un coucou quand tu en auras le goût et surtout le temps! conseilla-t-elle en mettant ses poings sur les hanches.

Même le lézard du veston jungle-réalité fut ébranlé et détourna la tête.

— Ne sois pas ridicule, ma chérie… susurra sa mère. Tu sais bien que tu m'es très précieuse.

Madame Shupiwa restait de marbre. Face à l'air buté de sa fille, la mère changea radicalement de ton:

— Et puis non, non, non! Ça suffit! Je n'ai jamais la tête tranquille depuis que ton père a accepté ce poste au Japon. Au moins, si tu m'aidais un peu, mais non, tu es trop égoïste! rugit-elle.

Le lézard alla se promener dans la section arrière du veston, car c'est bien connu, ces charmants petits reptiles préfèrent la chaleur du soleil à la fraîcheur de l'orage. Madame Shupiwa ne remarqua même pas cette fuite tant elle était occupée à trouver une réponse convenable, qu'elle trouva finalement, car à force de chercher on finit toujours par trouver.

— D'accord, je vais y aller à ce camp, mais à une condition, avertit-elle, en pointant l'index vers l'avant.

— Il n'y a pas de condition! Viens, c'est l'heure de partir, coupa net sa maman, hors d'elle.

Dommage pour les curieux, car la fameuse condition de madame Shupiwa restera ignorée à jamais.

La chère enfant colla son sac-ventouse à son dos[3] et se posta près de la porte, la mort dans l'âme. Il ne servait à rien de discuter avec sa mère, car elle la menacerait d'aller se faire voir chez les Japonais. Elle se consolait en se disant que de toute façon, il ne pouvait rien lui arriver de pire.

Le lézard, quant à lui, était bien content d'aller prendre l'air ailleurs.

---

3. Ce sac-ventouse est sensationnel, car on n'a qu'à se le coller au dos : plus besoin de bretelles !

3

Faux départ

Quoique bien calée dans son siège d'auto en cuir capitonné, madame Shupiwa était inconfortable. Elle avait hâte de quitter l'atmosphère pesante qui régnait dans l'auto, mais elle n'était pas non plus pressée de mettre le pied au camp Selabor. Comme chaque matin, une circulation dense régnait sur la route. Le chapelet de voitures s'étendait sur des kilomètres. Le commun des automobilistes mettait un temps fou à égrener ce chapelet, mais sa mère, elle, était une conductrice hors du commun. Elle se faufilait à folle vitesse en lançant des invectives aux autres conducteurs. Elle était une as du volant dans les embouteillages, proférant toujours la bonne injure au bon moment et sachant jouer du klaxon comme pas une. Ainsi, grâce à Dieu, et surtout grâce à la frénésie de sa mère, le voyage fut de courte durée. Madame Shupiwa se retrouva devant le camp Selabor en moins de temps qu'il n'en faut pour dire « ah non ! ».

Le camp occupait une vieille bâtisse de trois étages, coincée entre deux gratte-ciel au cœur du centre-ville. Sa façade de plâtre avait été peinte en rose pâle et personne n'avait jamais osé en changer la couleur. La bâtisse avait l'air d'une maison de poupée, avec ses nombreuses fenêtres à carreaux surmontées de pignons sculptés. L'entrée pavée de grandes dalles grises faisait penser à une cour, tant elle était profonde. En définitive, c'était un chouette endroit, et on pouvait se demander comment cette petite villa rose et coquette réussissait à survivre au milieu de la cité grise et gigantesque.

Toujours bien calée dans son siège, madame Shupiwa jeta un coup d'œil dehors et vit plusieurs enfants se diriger vers la porte d'entrée. Quoi de plus normal? Comment n'y avait-elle pas pensé? Évidemment qu'il y avait d'autres victimes! Elle n'était pas la seule au monde à cheminer vers ce goulag! Déjà, son sourire était revenu: rien de mieux que d'avoir des compagnons d'infortune pour rendre les choses plus supportables! Elle sortit de la voiture, prit sa maman par la main et marcha d'un pas léger. Elles suivaient le flot des arrivants. À vrai dire, la mine joyeuse des gamins donnait plus le goût de trottiner que de marcher. Certains tiraient même leurs parents par la manche pour parvenir plus vite au poste d'accueil. Madame Shupiwa en était au point où elle songeait à s'excuser auprès de sa maman pour sa mauvaise humeur du petit déjeuner. Mais la réflexion s'arrêta là, son orgueil l'empêchant d'aller plus loin.

Il y avait foule et sa mère était pressée. Lorsque cette dernière vit la longue file d'attente devant le poste d'accueil, elle poussa un soupir d'agacement.

Soyons franc : la maman de madame Shupiwa était toujours pressée et détestait donc attendre en file. Alors, c'est la tête haute qu'elle se rendit directement au poste d'accueil, comme si c'était normal de passer devant tout le monde. Bizarrement, personne ne rouspéta. Pourquoi ? Elle se plaisait à dire que c'était parce qu'elle avait de l'« attitude ».

— Bonjour, je viens pour l'entrée de ma fille, annonça-t-elle à l'hôtesse, avec son plus beau sourire.

— Oui, bien sûr, comment s'appelle-t-elle ? répondit gentiment la dame aux longs cheveux roux éclatants.

En entendant cette question, madame Shupiwa eu un sursaut. Elle intervint prestement, comme la grenouille qui attrape une mouche au vol avec sa langue.

— Maman, je t'en prie, soit discrète ! lui chuchota-t-elle énergiquement dans l'oreille.

— Oh, je ne comprendrai jamais pourquoi tu n'aimes pas ton vrai nom et que tu préfères t'appeler « madame Shupiwa ». Il faudrait bien que je trouve le temps de te faire voir par mon psychologue ! répondit sa mère, exaspérée.

Mais la maman de madame Shupiwa obtempéra tout de même et murmura les noms et prénoms de sa fille à l'oreille de la dame. Celle-ci parcourut la liste des yeux et du doigt.

— Je ne vois pas son nom sur la liste, dit-elle en hochant la tête de droite à gauche.

— Voyons, c'est impossible, j'ai ici la confirmation de son inscription. Regarde encore.

Regarde encore... ne manque-t-il pas un « z » quelque part ? Du genre Regardez encore, peut-être ? Non, ce n'est pas une erreur, la maman de madame Shupiwa a bel et bien tutoyé la dame en face d'elle. La connaît-elle ? Pas du tout ! Drôle d'attitude, non ? Cela nécessite des précisions. Tout d'abord, prenons quelques lignes pour parler un peu du monde dans lequel vit madame Shupiwa. Le lecteur perspicace a déjà compris qu'elle est enfant unique. Ajoutons que sa famille est aisée et habite la plus riche cité d'un pays prospère, mais un peu extravagant. Nous tairons le nom du pays, ne voulant pas créer une vague de tourisme vers ces lieux plutôt inédits. Dans le monde, deux opinions circulent à propos de ce petit pays : les uns disent que les habitants sont timbrés et les autres croient plutôt qu'ils sont avant-gardistes. En effet, la population se laisse facilement tenter par les nouveautés – toutes les nouveautés – que ce soit le dernier bidule technologique – utile ou inutile – ou bien la dernière théorie à la mode. Ainsi, la maman de madame Shupiwa tutoie la dame en face d'elle, même si elle ne l'a jamais vue. C'est une pratique adoptée depuis une dizaine d'années que de s'adresser aux inconnus comme s'ils étaient des membres de la famille. Elle a été lancée par des artistes qui croyaient ainsi rendre plus chaleureuse cette cité jugée rigide et insensible. L'idée n'avait tout d'abord intéressé que les marginaux, mais elle a tranquillement conquis le reste de la population.

Voilà pourquoi l'hôtesse ne sursaute pas lorsque la maman de madame Shupiwa lui dit : « Regarde encore »

— Regarde toi-même, si tu veux, lui répondit l'hôtesse, d'une voix bienveillante.

— Tu as raison, son nom n'y est pas, admit la mère après avoir parcouru la liste à son tour. Attends, je sors la confirmation que j'ai reçue…

Il y a cinq minutes, ce petit pépin aurait ravi la jeune fille. Maintenant, elle s'inquiétait de ne pouvoir entrer au camp, car l'effervescence qui régnait dans la foule l'avait définitivement gagnée.

Après avoir fouillé pendant de longues minutes dans son sac, sa mère trouva le précieux papier et le montra à la dame.

— Aaah, je vois. Il y a erreur. Ici c'est le camp de cinéma. Le camp Selabor c'est là-bas, à droite, dit-elle, toujours aussi aimable.

Bien que prononcées aimablement, ces paroles furent mal reçues.

4

Incident diplomatique

Douleur. Chagrin. Désolation. Voilà, en résumé, ce qu'éprouvait madame Shupıwa. Dépitée, elle baissa la tête et se mit à fixer le sol, laissant sa mère la traîner par la main vers sa funeste destination. Elle sentit vite qu'il y avait moins d'entrain là-bas, à droite. La dame du poste d'accueil, une vieille pimbêche aux cheveux gris et courts, trouva malheureusement le nom de la fillette frisée sur la liste maudite. Pire : cette vieille laideur à deux pattes proposa de mener la fillette à son groupe. Madame Shupiwa décida alors de s'agripper fermement aux pantalons de sa mère et d'exiger qu'on la conduise chez sa grand-mère. L'idée aurait pu porter fruit si la gamine avait été plus rapide. C'est que sa mère, recevant avec joie la proposition de la gardienne du poste d'accueil, avait déguerpi aussi vite qu'un voleur.

Nous l'avons mentionné plus tôt, notre amie avait gardé les yeux rivés au plancher. Ne pouvant pas rester là à rien faire, ses petits yeux bruns et vifs décidèrent de se promener un peu. À gauche, ils trouvèrent un parquet beige et reluisant ; rien de plus ennuyeux. À droite, toutefois, ils repérèrent des écales de graines de tournesol sur un parquet beige et reluisant; voilà qui était déjà moins ennuyeux. Au milieu de ces coquillages, deux sandales. Et au milieu de ces sandales se trouvaient des pieds. Les prunelles de madame Shupi, tels des faisceaux lumineux, remontèrent les jambes frêles qui étaient rattachées aux pieds, et ainsi de suite jusqu'à aboutir à la figure timide d'un garçon aux fins cheveux châtains et aux yeux d'un bleu éclatant. Ceux-ci reflétaient la lumière avec une telle intensité que madame Shupiwa resta un moment paralysée. Ses yeux retournèrent immédiatement examiner le plancher, lieu moins troublant. L'émotion les avait fait passer du brun au prune. Madame Shupiwa fit un effort pour regarder à nouveau. Le second coup d'œil révéla que le garçonnet avait l'air aussi misérable qu'elle, ce qui le rendit automatiquement sympathique. Manifestement, lui aussi était inscrit au camp Selabor. Les deux enfants échangèrent un petit sourire et, guidés par la dame, franchirent la porte côte à côte. Quelques pas dans le couloir les menèrent à leur salle de classe.

Leur groupe était déjà réuni devant un épi de maïs bousculé par le vent… ou était-ce un grand maigrichon aux cheveux très courts et aux petits yeux noirs qui discourait avec force gestes? L'arrivée des deux nouveaux lui imposa une pause. Il se retourna vers eux.

— Bonjour, je suis Raoul de la Rochemande, votre moniteur. Je vous prie de vous présenter.

— Je m'appelle madame Shupiwa.

— Et moi, monsieur Gio.

Le moniteur les toisa. Après un moment de silence, il poussa un soupir et leur dit de sa voix de stentor :

— Je sais qu'il est particulièrement prisé par les enfants de votre âge, et encore plus par les adolescents, de s'appeler monsieur et madame. J'ai même appris que vous utilisiez le vouvoiement maintenant. Je vous préviens tout de suite que je désapprouve cette pratique, car je crois qu'entre camarades vous devriez vous dire « tu » et non « vous ». D'autant plus que notre ville essaie de supprimer l'utilisation du « vous », qui est si… froid ! Enfin ! Comme nous avons beaucoup de pain sur la planche, je ne me tuerai pas à vous faire tutoyer. Or, ainsi donc, voilà les objectifs de votre séjour. Ils se résument en trois mots : responsabilité, initiative et débrouillardise. À la fin de l'été, vous serez capables de rester seuls à la maison, sans que vos parents aient peur que vous y mettiez le feu ou pire, que vous mangiez de la crème glacée pour souper !

Madame Shupiwa n'écoutait qu'à moitié le brave monsieur de la Rochemande, car elle était trop occupée à étudier le public. Au premier coup d'œil, elle tressaillit, car elle avait aperçu Miss Calamité parmi le groupe. Son vrai nom était Félicité, et c'est ainsi que madame Shupiwa l'appelait aux jours

33

heureux où elles étaient amies. Toutefois, un matin, comme ça, sa présumée meilleure amie lui tourna le dos. Non seulement lui tourna-t-elle le dos, mais elle se mit à se moquer d'elle. La jeune fille aux jolies boucles brunes en fut très attristée et elle ne s'y habitua jamais tout à fait.

Au deuxième coup d'œil, la nouvelle arrivée constata que certains enfants étaient accompagnés de leurs *tomotos*. Ces robots japonais servaient de frères et de grands amis auprès de ces enfants. Leur nom avait d'ailleurs été construit en soudant les mots japonais *tomo*, qui signifie «ami» et *oto*, qui signifie «petit frère». Ces créatures devaient leur existence à une innovation technologique stupéfiante: la possibilité de greffer plusieurs types de cellules vivantes sur des pièces électroniques. Ainsi, les tomotos possédaient des cellules de chèvres et d'humains. Ces «grotesques bidules», comme madame Shupiwa les appelait, ressemblaient presque à des petits hommes. Ils avaient la taille d'un enfant, mais une figure qui s'apparentait plutôt à celle d'un monsieur. Ils possédaient la voix grave, chaude et pure d'un animateur de télé. Leur aspect aurait été tout à fait humain, n'eût été de leur drôle de grosse figure et de leur démarche de pingouin. Entretenir un tomoto n'était pas compliqué, car il carburait au sucre: un carré de sucre au coucher et hop, leur pile se rechargeait! La seule qualité que madame Shupiwa trouvait aux tomotos était leur senteur. Les tomotos ne respiraient pas à proprement dit, mais exhalaient plutôt une odeur de caramel. La vague des tomotos, qui avait tout d'abord déferlé au Japon, avait ensuite gagné les autres pays riches. Il était donc normal que ces robots fassent fureur dans le pays fou de modernité et de technologie où vivait madame Shupiwa. Les tomotos étaient hors de prix, mais les parents n'hésitaient pas à se les procurer, car leur présence rassurait leur progéniture. Ces robots-frères arrivaient avec de bonnes manières et étaient toujours aimables, ce qui les rendait d'autant plus attrayants.

Chaque tomoto a sa propre personnalité. Son créateur lui donne d'abord des traits particuliers. Ensuite, le robot développe pleinement son caractère lors d'un séjour dans une *salle réalité*, où il vit toutes sortes d'expériences. On retrouve divers types de salles réalités. Certaines ressemblent à des jungles, d'autres à des modules de jeu, d'autres à des maisons. On y rencontre des animaux, des robots, des machines et même de vieux tomotos qui ont beaucoup d'expérience de vie. Après un mois passé dans ce monde artificiel (même s'il s'appelle salle réalité), le tomoto est fin prêt pour livraison. Les tomotos s'expriment avec une extrême politesse, allant jusqu'à donner du « monsieur » et « madame » à tout le monde et utilisant seulement le « vous ». D'ailleurs, on peut dire que cette manière de s'adresser aux autres avait déteint sur les enfants.

Les tomotos étaient si populaires, que maintenant les écoles et les garderies leur avaient ouvert leurs portes. Ils étaient les bienvenus, car ils venaient garnir les salles de classe trop vides… c'est qu'il y avait de moins en moins d'enfants au pays!

Madame Shupiwa regarda les tomotos avec mépris. Elle les trouvait vraiment moches, eux tout autant que leurs « frères » ou « sœurs » qu'ils tenaient presque toujours par la main, ce qui était le comble de la mièvrerie. Bref, après avoir bien examiné son groupe, madame Shupiwa comprit que son été allait être horrible. Elle se remit à écouter le discours du moniteur.

— Maintenant que je vous ai exposé le tout, regroupez-vous par quatre et procédez! dit-il en claquant des mains.

La fillette se félicitait d'avoir écouté la partie importante du discours! Elle se mit rapidement en quête de trois coéquipiers. Le premier mouvement fut pour Gio. Toutefois, le choix de coéquipiers dans un groupe d'inconnus est toujours étourdissant. Madame Shupiwa, sans trop sans rendre compte, s'acoquina aussi avec un costaud blondinet et son rondelet tomoto. Quand elle tenta de corriger le tir, il était trop tard, tous étaient déjà groupés. Elle se résigna donc et regarda les deux « frères » avec un sourire crispé.

— Moi, c'est madame Shupiwa. Lui, c'est monsieur Gio. Et vous?

— Je m'appelle monsieur Annisse, et voilà mon frère, monsieur BolaBola, répondit le nouveau coéquipier en montrant son tomoto, non sans fierté.

— De quel frère parlez-vous? Ce gros dadais qui marche comme un pingouin? C'est maman qui l'a acheté à son gros bébé blond qui n'a pas d'amis? lui miaula madame Shupiwa avec une arrogante douceur.

Le «bébé» en question fut fort vexé. C'était la première fois qu'on les ridiculisait, son tomoto et lui. Le cœur tendre qui battait dans le corps de boxeur d'Annisse fut touché. Des larmes jaillirent des yeux verts du petit bonhomme, ce qui eût l'heur d'attirer l'attention de toutes les troupes, qui furent rapidement mises au courant de l'incident. Une onde de sentiments plutôt négatifs se propageait vers madame Shupiwa. Elle regrettait déjà sa moquerie. Il était trop tard, car une majorité de camarades l'avait déjà jugée et condamnée: les uns parce qu'ils possédaient un tomoto, et les autres parce qu'ils aimaient avoir quelqu'un à détester. C'est avec un pincement au cœur que madame Shupiwa distingua le sourire narquois de la blonde Miss Calamité, là-bas, au fond de la salle. Monsieur Gio, quant à lui, était tellement embarrassé qu'il avait momentanément cessé de manger ses graines de tournesol. Décidément, tout allait pour le mieux!

Le moniteur s'avança vers la moqueuse. Il avait l'air calme, et à y regarder de plus près, il affichait même un sourire amusé.

— Allons, allons, déjà de la bisbille au sein de l'équipe? Mademoiselle, je vous invite à formuler vos excuses auprès de votre collègue, et considérons ensuite l'incident comme clos, dit-il d'une voix insouciante. Remarquons que, malgré ses beaux discours, monsieur de la Rochemande utilisait le « vous » et non le « tu ».

— Je... je, balbutia madame Shupiwa.

Quelques mots bien sentis et prononcés d'une voix soyeuse auraient fait tourner le vent en sa faveur. Pourtant, impossible d'articuler les paroles qui la sauveraient du courroux de ses condisciples. L'assaillante ne s'était jamais excusée de sa vie et ce n'est pas en ce beau jour d'été qu'elle commencerait. Elle avait sa fierté ! Mais la fierté a un prix.

Monsieur de la Rochemande patienta. Longtemps. Disons plutôt qu'il était, comme qui dirait... stationné. C'est que tout à coup il se rappelait qu'il ne restait qu'un biscuit au chocolat à la maison, et que s'il n'arrivait pas le premier pour le manger, c'était foutu. Quand il sortit de sa rêverie, il fut frappé par les regards de vingt paires d'yeux qui attendaient quelque geste de sa part :

— Bon, pas d'excuses, murmura-t-il. Alors, tant pis pour vous. Je sévirai plus tard, lorsque j'aurai assez d'inspiration pour élaborer un excellent châtiment. En attendant, venez tous chercher du papier et des crayons de couleur : c'est l'heure de créer votre emblème d'équipe.

5

Monsieur BolaBola

Madame Shupiwa était maintenant officiellement la paria[1] du groupe. Elle essaya de garder la tête haute, mais elle se sentait lourde des regards obliques de ses compagnons. La blonde Miss Calamité se plaça en file juste derrière elle et ricana avec d'autres fillettes en la regardant de la tête aux pieds. Madame Shupiwa sentit son cœur se serrer quand elle les entendit l'appeler madame Chipie. Gio eut pitié d'elle et lui glissa à l'oreille :

— Vous savez, madame Shupi, ma mère me dit que les insultes en disent souvent plus sur ceux qui les profèrent que sur ceux qu'elles prétendent décrire… Madame Shupiwa leva les yeux vers lui. Il se remit à manger des graines de tournesol et ajouta, en crachant les écales : Ne vous en faites pas, madame Shupi, je suis certain que… pfft… demain tout sera oublié… pfft.

— C'est gentil de vouloir me réconforter… mais je sais que je vais passer le pire été de ma vie.

---

1. Paria : exclu.

— Vous savez, les tomotos, ils ne sont pas si mal. Tiens, j'échangerais bien mon frère contre n'importe lequel d'entre eux.

— Voyons! Mais pourquoi? lui demanda-t-elle, l'air perplexe.

— Peeson a quinze ans et me traite comme un insecte nuisible. Disons que j'essaie d'être le moins souvent possible sur son chemin.

— À vous voir manger sans cesse des graines de tournesol, je ne dirais pas que vous êtes un insecte, mais plutôt un drôle de moineau!

Pour toute réponse, monsieur Gio ouvrit un nouveau sac de graines de tournesol et en offrit à son amie.

Les quatre coéquipiers se mirent à l'ouvrage, malgré le malaise provoqué par l'incident. Pour élaborer leur emblème, ils choisirent chacun un symbole. On dessina donc un tournesol souriant avec, à la pointe de chaque pétale, un cheveu bouclé. On comprend que Gio avait opté pour le tournesol, alors que madame Shupiwa avait ajouté un cheveu bouclé à chaque pétale. Quant au «couple» Annisse et monsieur BolaBola, ils avaient choisi le sourire. Madame Shupiwa les trouva encore ridicules, mais se garda bien de faire du bruit une autre fois. Elle se contenta de dessiner et d'écouter leur conversation.

— Mon frère, j'ai fort hâte et je suis très impatient d'arriver au week-end, cette fin de semaine! s'exclama le tomoto avec enthousiasme.

— Moi aussi! répondit Annisse. Depuis le temps qu'on nous promet ce séjour au parc d'amusement!

— En plus, savez-vous que notre père m'a promis un délicieux et succulent bouquet de jaunes jonquilles-jonquilles?

— Tant mieux pour vous! Mais j'espère que vous les recevrez lorsque je serai absent, car... pouah! Enfin, vous savez de quoi je parle.

Madame Shupiwa trouva que monsieur Bola-Bola s'exprimait bizarrement. Elle s'abstint cependant de faire quelque commentaire, ne voulant pas provoquer un autre incident diplomatique. Heureusement pour elle, Gio avait aussi remarqué cette drôle de façon de parler et voulut en savoir plus. Une fois l'emblème complété, on demanda à monsieur BolaBola d'aller le porter au bureau du moniteur. Dès que le tomoto eut quitté la table, Gio interrogea Annisse.

— Votre frère m'a l'air très gentil, commença doucement Gio.

— Je l'adore! Et je n'ai rien à faire des commentaires blessants des jaloux, répondit Annisse en regardant madame Shupiwa avec rancœur. Celle-ci soutint son regard, mais ne répondit pas.

— Il y a longtemps que vous êtes... frères? poursuivit Gio.

— Il est arrivé il y a quatre ans. Maman l'avait choisi parce qu'il me ressemblait.

— Il m'apparaît plus rond que costaud...

— Oui, peut-être, mais son visage est rond comme le mien et ses cheveux sont pâles comme les miens, répondit Annisse.

— Bien sûr, voilà une vérité. Son nez aussi est rond. Ses yeux également.

— Hi hi! Je crois que c'est pour cela qu'il se nomme Bola… ça veut dire *boule* en espagnol!

— Ah, je croyais qu'il s'appelait monsieur BolaBola…

— Oui, bien, c'est-à-dire que je ne suis pas tout à fait sûr. Voyez-vous, il a tendance à répéter certains mots. Je me suis toujours demandé si son vrai nom n'était pas plutôt Bola et qu'il le répétait comme il le faisait pour d'autres mots.

— Oui, c'est vrai qu'il répète.

— Et il lui arrive souvent de parler drôlement. Ma mère dit que ce sont des pléonasmes.

— Des pléonasmes? Est-ce contagieux? demanda Gio en reculant d'un pas.

— Ha, ha! Mais non, ce n'est pas une maladie! Ma mère m'a expliqué qu'un pléonasme, c'est quand on ajoute un mot pour rien. Par exemple, quand je dis: *monter en haut*, je fais un pléonasme.

— Et il a toujours été comme ça, votre tomoto?

— Dès ses premiers mots. Ma mère a voulu le renvoyer au Japon pour le faire réparer, mais j'avais trop peur de le perdre.

— C'est une bonne raison. Et puis, est-ce si grave de parler ainsi, après tout? conclut Gio en souriant aimablement.

Madame Shupiwa était secrètement reconnaissante envers Gio. Cette conversation avait été des plus instructives et des plus divertissantes : monsieur BolaBola était un tomoto déficient et en plus, Annisse l'aimait tel quel ! Elle se disait qu'elle avait eu bien raison de s'en prendre à ces idiots de frères.

Le reste de la journée se passa sans incident (il y en avait assez eu !). Madame Shupiwa cherchait à se faire oublier. Elle ne fit même pas de commentaires sur l'infect repas qu'on leur servit. Après la pause de l'après-midi, Félicité alla rappeler au moniteur qu'il n'avait pas encore sévi contre madame Shupiwa. Celui-ci ricana et lui répondit : « Oh, pas besoin, quelqu'un d'autre va s'en charger ! » La jeune fille demeura perplexe. Depuis quand un professeur laissait-il aux autres le soin de punir quelqu'un ? Quelle négligence ! Elle en était maintenant convaincue : ce moniteur n'était pas très fort en discipline. Peut-être devrait-elle le présenter à sa mère, cela la ramollirait un peu. Mais là s'arrêtèrent ses pensées. La journée avait été fertile en émotions, elle avait besoin de repos.

De beaucoup de repos.

Enfin, c'est ce qu'elle souhaitait.

6

Pour une surprise,
ça c'est une surprise

Lorsque les enfants sortirent du camp, il y avait foule sur les trottoirs. C'était l'heure où l'on s'évadait des tours à bureaux pour aller s'enfermer dans les embouteillages. Les rayons de soleil réussissaient encore à percer les nuages, de plus en plus nombreux. Lasse de sa journée, madame Shupiwa se traîna les pieds vers la sortie, accompagnée de Gio. Une fois dehors, ce dernier leva les yeux aux ciel et souffla très fort.

— Oui, cette journée me donne aussi envie de pousser un gros soupir! lui avoua sa nouvelle amie.

— Ce n'était pas un soupir, lui répondit-il très sérieusement. Je soufflais pour éloigner le mauvais temps.

— Ah! Bon! Je ne comprends pas, dit-elle décontenancée.

— C'est très simple: c'est l'effet papillon.

— Ah! Bon! Je ne comprends toujours pas.

— C'est mon père qui me l'a expliqué. Il m'a dit que c'est dur de prévoir le temps qu'il fera. Faut faire beaucoup de calculs, des millions de calculs! Alors, c'est un ordinateur qui s'en charge. Pour commencer, on entre dans la machine la température qu'il fait aujourd'hui, la direction du vent et que sais-je encore. Grâce à ces données, l'ordinateur calcule le temps qu'il fera demain. Et ce sont ces prévisions que l'ordinateur utilisera pour calculer le temps qu'il fera après-demain, et il répète l'exercice pour le jour suivant... aussi loin qu'on veuille aller.

— Ça en fait du travail pour rien. Mon grand-père regardait les nuages, lui, pour faire ses prévisions. Et il réussissait à tout coup! Quant aux papillons, il les attrapait avec un filet, commenta madame Shupiwa.

— Wouah! Ça c'est extra! s'émerveilla Gio.

— Et l'effet papillon, là-dedans? demanda son amie, pressée de voir où il voulait en venir avec tout ça.

— J'y viens, dit Gio. Supposons que l'ordinateur reçoit des chiffres juste un peu différents pour faire ses premiers calculs. Eh bien, il nous sortira des prévisions un peu différentes pour le lendemain. Il utilisera ces prévisions différentes pour prévoir le jour d'après et elles seront encore plus différentes. Plus on avance dans le temps, plus la différence sera grosse. Hé bien, sur une prévision de quelques jours, l'écart sera énorme!

— Nooon! fit madame Shupiwa en prenant un air de catastrophe. C'est qu'elle s'amusait beaucoup.

— Oui! Il y a même un météorologue qui a conclut que le très petit changement dans les données pourrait être créé par le petit vent que provoque le battement d'aile d'un papillon, et l'énorme différence de prévision pour quelques jours, ce pourrait être une tempête au lieu du beau temps, quelque part ailleurs dans le monde.

— Oui, mais pourquoi me parlez-vous de ça? s'impatienta la demoiselle aux cheveux bouclés.

— Je me suis dit que je vais créer un change-ment de données en soufflant un bon coup. Vous allez voir, ils ont prévu de la pluie demain, mais je vais les faire mentir, affirma Gio en croisant les bras et en fixant obstinément les nuages.

Madame Shupiwa ne savait pas si elle devait admirer tant de foi en soi-même ou manifester de la pitié pour un enfant en délire à cause d'une journée épuisante. Elle était encore à regarder Gio avec une moue sceptique quand sa mère arriva. Le coup de klaxon la sortit de sa torpeur. Elle prit congé de son camarade et courut se réfugier dans l'auto, loin de sa piteuse journée.

— Bonjour mon bébé, donne un bisou à ta maman, gazouilla sa mère en présentant la joue droite. Aussitôt qu'elle reçut le bisou filial, la maman se mit en mode «as des embouteillages»: ALLEZ, CONDUCTEUR DU DIMANCHE, DÉGAGE: NOUS SOMMES LUNDI, LUN-DI! – Alors, ma chérie, cette journée? Il n'est pas si épouvantable, n'est-ce pas, ce camp? – NON MAIS, QU'EST-CE

QU'ELLE A CETTE VIEILLE DAME À MARCHER À PETIT PAS COMME UNE MÉMÉ? ON SE HÂTE! JE SUIS PRESSÉE! – J'ai même vu que tu t'es déjà fait un ami! Je savais que tout irait bien, dit joyeusement la mère et hurla la conductrice enragée (eh oui, tout ça dans la même personne).

— Je déteste ce camp, répondit sa fille en regardant droit devant.

— TU AS VU LE SIGNE QU'IL M'A FAIT, CE MALOTRU? Voyons, ma chérie, ce n'est que la première journée, ne juge pas trop vite!

— Mon été est gâché, laissa tomber froidement madame Shupiwa.

— Allons, allons, tu es trop émotive. J'ai une idée: allons au Swing Resto! Ça évacuera ton cafard. Ensuite, j'ai une très belle surprise pour toi!

— Une surprise? Oh, oui! J'en ai bien besoin. Je veux la voir et l'avoir tout de suite!

Quoi de mieux pour oublier une mauvaise journée! Un sondage récent nous indique que 94% des enfants réussiront à oublier une journée pourrie grâce à un resto et à une belle surprise (vous pouvez citer cette statistique en cas de besoin). La maman de madame Shupiwa se garda bien de lui donner son cadeau tout de suite, car tout le monde sait qu'un cadeau longtemps espéré est toujours plus apprécié.

Après son explosion de joie, la fillette fut soudain prise d'un doute: Et si le cadeau était moche?

Si c'était un livre du genre *Apprendre les mathématiques en s'amusant ?* Ou un cactus ? Ou du parfum ? Il valait mieux, comme disent les Anglais, espérer le meilleur, mais être prêt au pire. Madame Shupiwa était donc prête au pire et quant au meilleur, sa mère avait plusieurs bon coups à son actif : il y avait eu l'énorme machine à bonbons pétillants, la poubelle chantante, les rideaux lumineux et le voyage dans le restaurant sous-marin ! Oui, sa mère avait souvent frappé juste. Mais qu'allait-elle lui offrir cette fois-ci ?

Après réflexion, la frisée fillette lança un « eurêka ! » qui aurait fait sursauter Archimède[1] lui-même. Bien sûr, la surprise, c'était les lunettes-cinéma qu'elle demandait depuis longtemps ! Sa mère y avait même fait allusion la semaine dernière ! Ces lunettes étaient géniales et il les lui fallait absolument ! Il suffisait de prononcer le titre du film choisi parmi les mille qu'elles contenaient et hop ! on pouvait commencer à regarder, il n'y avait qu'à se mettre les lunettes sur le nez ! Que ce soit dans l'auto ou dans le bain ! En plus, pendant la projection du film, il se pouvait qu'on cogne à la porte pour apporter un immense sac de maïs soufflé et un cadeau, tout ça grâce au système de repérage du fabricant. Bref, madame Shupiwa

---

1. Eurêka signifie « J'ai trouvé ! » en grec. C'est Archimède qui a poussé ce célèbre cri en prenant son bain. C'est qu'il avait trouvé une astuce pour déterminer si la couronne de son roi était en or massif… et tout ça, avec de l'eau !

savait maintenant qu'elle pouvait espérer le meilleur ET se préparer au meilleur!

Mère et fille roulèrent jusqu'au restaurant préféré de madame Shupiwa et, comble de chance, il restait une place dans le stationnement. Dans une cité si dense, trouver une place de stationnement du premier coup était aussi improbable que respirer de l'air pur ou bénéficier d'une vraie minute de silence. Déjà, la jeune fille commençait à retrouver la bonne humeur qu'elle avait perdue au petit matin.

Le Swing Resto était l'endroit le plus *wappoo*[2] du territoire: un éclairage changeant de couleur toutes les minutes, un menu étonnant, des sons bizarres, des serveurs fous, il fallait voir! Madame Shupiwa eut droit à tout ce qu'elle voulait: un sandwich à la guimauve accompagné d'un lait fouetté à la cerisouille, un fruit né du croisement entre une cerise et une citrouille. Pour finir, elle dégusta un gâteau à la rose sucrée. Après avoir tout avalé, elle avait un peu mal au cœur, mais elle était heureuse.

— Aaaah, maman, merci! J'ai un peu mal au cœur, mais je suis heureuse. J'avais vraiment besoin de ce petit remontant, soupira-t-elle, confortablement enfouie dans son fauteuil.

---

2. Arrêtez tout de suite votre élan vers le dictionnaire: ce mot ne fait partie que de celui de madame Shupiwa.

— Et encore, tu n'as même pas vu ta surprise ! s'exclama sa mère en s'assoyant au bout de sa chaise.

— Ooooh que je n'ai pas oublié ! Tiens, je ferme les yeux et j'attends, répondit madame Shupiwa en tendant les mains.

— Tu ferais mieux de rouvrir les yeux. Elle est à la maison, ta surprise, chantonna sa maman.

— Alors, vite, filons-y ! s'exclama madame Shupiwa.

Vraiment, l'allégresse était au rendez-vous. La cité n'était plus grise, mais rose. Les invectives que sa mère lançait aux autres conducteurs dans le cadre de son opération « faites place, je suis pressée » lui semblaient maintenant de la poésie. Madame Shupiwa souriait béatement et avait presque oublié qu'elle retournait au camp Selabor le lendemain. En fait, elle s'en souciait peu, car une bonne nuit avec ses lunettes-cinéma l'attendait.

Madame Shupiwa avait tellement hâte de tenir son cadeau entre les mains qu'elle ne tenait plus en place. Pour une rare fois, elle était d'accord avec sa maman : les automobilistes étaient lents. En fait, non seulement étaient-ils lents, mais ils étaient aussi trop nombreux, aggravant ainsi la situation. Ne pouvaient-ils pas prendre l'autobus, comme tout le monde ? Malgré une performance remarquable de sa mère (dix coups de klaxons, vingt-six dépassements et trois feux rouges grillés), le parcours fut interminable, enfin, aux yeux de madame

Shupiwa, car en réalité, il ne fut ni plus long ni plus court que d'habitude. Arrivée à la tour d'habitation, c'est sa mère qui fonctionna au ralenti, enfin, aux yeux de madame Shupiwa, car dans les faits, sa mère était toujours aussi pressée qu'elle l'était normalement. Celle-ci sortit de l'auto, prit son sac à main, enfila son imperméable, ferma la porte et replaça une mèche de cheveux qui lui tombait devant les yeux. Impatiente, madame Shupiwa se demandait si tout cela était bien nécessaire.

— Maman, pourrais-tu te dépêcher un peu? supplia-t-elle en essayant de rester calme.

— Qu'y a-t-il? Tu as hâte de te coucher ou quoi? C'est vrai que tu as eu une journée bien remplie… aïe, ouch! s'exclama la maman en sautillant sur un pied.

— Quoi encore? s'exclama madame Shupiwa en levant les bras au ciel.

— Il y a un petit caillou dans mon soulier. C'est toujours la même chose dans ce chemin de gravier! Pourtant, j'ai déposé une pétition à l'Association des propriétaires pour que l'allée soit pavée! Attends, je vais m'asseoir et me débarrasser de cet importun qui m'égratigne l'orteil.

Obtiendrait-elle son cadeau avant d'avoir atteint soixante-quinze ans? Madame Shupiwa commençait à en douter. Pour gagner du temps, elle courut jusqu'à l'ascenseur qui les mènerait au quatrième étage. Mais ce fut inutile, car elle dut attendre sa mère. Lorsque cette dernière apparut dans le hall d'entrée, la jeune fille appela immédiatement l'ascenseur afin de gagner de précieuses secondes. Était-il en réparation ? C'est ce qu'elle crut tant il se fit attendre. Après de longues secondes, il arriva enfin. Elle y sauta et s'empressa d'appuyer sur le numéro 4. Cependant, d'autres passagers arrivèrent et, tour à tour, ils appuyèrent sur le bouton du deuxième, du troisième, puis du premier étage. Madame Shupiwa leur jeta un regard noir, comme si tous ces gens faisaient exprès pour prolonger son attente. Elle avait la drôle d'impression qu'elle s'éloignait de ses lunettes-cinéma au lieu de s'en approcher. Finalement, l'ascenseur s'immobilisa au quatrième et Madame Shupiwa s'expulsa de l'ascenseur, tel un savon mouillé qu'on serre trop fort. Elle trépignait d'impatience.

— Maman, vite, j'ai hâte d'avoir mes lunettes-cinéma ! Depuis le temps que j'attends cela ! gémit-t-elle en tapant des pieds.

— De quoi parles-tu ? répliqua sa mère, l'air l'étonné.

— De quoi je parle ? De ma surprise, évidemment !

— Voyons, ma chérie, c'est bien mieux que cela !

Le sourire de sa mère laissait présager le meilleur des mondes. Madame Shupiwa pensa que c'était légitime, étant donné ce qu'elle lui faisait subir avec ce camp ennuyeux. L'excitation de la fillette atteignait des sommets inégalés. Elle ne voulait même pas prendre le temps d'essayer de deviner ce que sa mère lui avait acheté : le but était si proche ! Valait mieux courir comme une fusée[3] jusqu'à la porte de l'appartement qui n'était maintenant qu'à quinze pas. Mais une distance de quinze pas peut paraître aussi longue à franchir qu'un océan lorsqu'on fait certaines rencontres…

— Bonjour vous deux ! fit une voix haut perchée.

Non ! Pas mademoiselle l'Orange ! Pas la commère de l'immeuble ! Cette grande femme d'environ cinquante ans était capable de maintenir une conversation à elle seule pendant des heures. TOUT – une panne d'électricité, un incendie, une bombe nucléaire – TOUT, sauf…ÇA !

— Bonjour, Rita, comment vas-tu ? demanda poliment la maman de madame Shupiwa.

— Je vais très bien. Ce n'est pas comme cette pauvre Angélique Lawest ! Savais-tu que son logement est infesté de chenilles ? Pour la consoler, je lui ai dit qu'au moins, ces chenilles se transformeraient un jour en splendides papillons et que ce serait très joli, mais tu la connais, une vraie marabout ! Incapable de prendre les choses du bon côté. Ce n'est pas comme Paul Cadonette ; lui, il sait s'amuser. Tiens, la semaine dernière…

------

3. Mais une fusée ne court pas, diront certains lecteurs. Allez, un peu d'imagination, que diable !

Madame Shupiwa avait cessé d'écouter depuis longtemps. Elle fixait la porte de son logis en se frottant les yeux. Il lui semblait qu'elle rapetissait. Il y avait le temps aussi, qui s'étirait et s'étirait comme un grand élastique. Même les lèvres minces et pourtant d'habitude si mobiles de mademoiselle l'Orange avaient l'air engluées dans la mélasse. Le flot de ses paroles parvenait à la fillette tel un bourdonnement. Madame Shupiwa essaya de se changer les idées en tentant de deviner quelle pouvait être cette surprise qui l'attendait. Peut-être un voyage dans un de ces endroits paradisiaques où il n'y a que des enfants et où aucun règlement n'entrave leur amusement ? Peut-être, peut-être… elle essayait de se concentrer, mais tout semblait embrouillé. Peut-on mourir d'impatience ? Madame Shupiwa commençait à le croire. Il fallait faire quelque chose, sinon elle allait au pire trépasser, au mieux, s'évanouir. Le moment se présentait parfaitement pour utiliser sa solution de dépannage numéro un : le faux-urgent-besoin-d'aller-aux-toilettes.

— Maman, excuse-moi… je…

— Tu… ?

— Je… dois aller aux toilettes !

— Bien sûr mon petit lampion, dit sa mère d'une voix pleine de miséricorde. Elle se retourna vers mademoiselle l'Orange et s'excusa de son départ prématuré en lui promettant de reprendre cette conversation plus tard.

— Oui, certainement! À bientôt j'espère! Bonne nuit! Et faites de beaux rêves! termina infiniment madame l'Orange.

On approchait du but! La distance fut vite parcourue par l'Impatiente. Sa mère glissa gracieusement la carte magnétique dans la fente de la serrure, puis la retira joliment. Enfin la porte s'ouvrit.

— Tu trouveras la surprise dans ta chambre, annonça sa mère d'une voix pimpante.

Le record du monde de courte piste vestibule-chambre fut battu ce soir-là. Lorsque madame Shupiwa ouvrit la lumière, elle eut un choc. Deux gros yeux brun foncé et cernés la fixaient avec le regard bienveillant d'un chien saint-bernard. Un large sourire un peu mou l'accueillait du mieux qu'il pouvait. Une grosse mèche de cheveux noirs peignée sur le côté ornait un front large. Le physique d'enfant contrastait avec les joues affaissées et les mentons pendants d'un homme d'âge mur. Sous les trois mentons, un nœud papillon faisait le mignon.

La chose avança vers elle avec ce pas de pingouin si caractéristique, le tout dans cette odeur de caramel tout aussi caractéristique.

— Bonjour, je suis monsieur Zatan, votre tomoto! lui lança-t-il en ouvrant les bras.

7

Persona non grata

— Non! Non! Non! Pas ça! Pas un tomoto! Je n'en veux pas! Je n'en veux pas! hurla la fillette en s'arrachant les cheveux.

Ce fut tout ce que la « sœur » de monsieur Zatan fut capable de dire. Folle de rage, elle alla rejoindre à grands pas sa mère dans le salon. Cette dernière était confortablement allongée dans le sofa massant, prête à recevoir les remerciements qu'elle croyait mériter.

— Alors, qu'en penses-tu? Je sais, enfin, je crois que tu te sens seule parfois, alors je te donne ce petit frère! Oui, bon, d'accord, tu en voulais un vrai, en chair et en os, mais ma pauvre chérie, je n'ai pas le temps! Et puis ton père est si loin! Tu vas voir, il est gentil ce monsieur Zatan. En plus, il fait parti de la série des Gowas. C'est le modèle dernier cri et il paraît que…

— Je n'en veux PAS! Je déteste les tomotos! Ils sont ridicules, stupides et inutiles! Je ne peux pas imaginer que tu me donnes cette… cette chose en croyant me faire plaisir, maman! Voilà bien la preuve que tu ne me connais pas. Et tu sais quoi, en plus? Je ne retournerai pas au camp. Je veux aller chez grand-maman!

— Voyons, calme-toi, mon poussin. Monsieur Zatan te montrera à quel point il est aimable. Tu ne pourras plus te passer de lui! déclara sa mère d'un ton confiant.

— Si j'aurais voulu d'un tomoto, je l'aurais demandé! De toute façon, tu ne sais même pas ce qui me plaît, car ça t'est égal! Tu es une mère indigne! vociféra madame Shupiwa en serrant les poings.

Sa mère, pourtant conciliante jusque-là, devint pourpre de colère. Ses pupilles se dilatèrent. Un courant d'air froid traversa la pièce.

— Qu'est-ce que j'ai entendu? Qu'est-ce que j'ai en-ten-du? articula-t-elle en grinçant des dents. Elle se leva, menaçante.

— Je, je n'ai pas voulu…balbutia madame Shupiwa d'une voix à peine audible que de toute façon, sa mère n'écoutait pas. Ça y est, pensa-t-elle, je suis bonne pour l'exil au Japon.

— Ai-je bien entendu «si j'AURAIS»? Oh, quelle horrible erreur de langage! Comment peux-tu me faire ça à moi? «SI J'AVAIS, SI J'AVAIS», il faut dire «si j'AVAIS voulu d'un tomoto», pas «SI J'AURAIS»! Je m'éreinte depuis un siècle à t'apprendre un français impeccable, et voilà le résultat! Ceci prouve que l'arrivée de monsieur Zatan te sera bénéfique. J'ai demandé expressément que ton frère soit programmé pour corriger ton langage.

C'était plus cher, mais tu viens de me confirmer la nécessité de la chose!

Madame Shupiwa, qui s'était attendue au pire, reçut cette tirade avec un certain soulagement. Elle se demandait tout de même si elle allait un jour être en mesure de comprendre ce qui se passait exactement dans la tête de sa mère. Mais ça, c'était plutôt un projet de longue haleine. Pour le moment, il y avait plus pressant:

— Et que va devenir monsieur Zatan pendant la journée? Je serai au camp Selabor et tu sais que les tomotos ne peuvent rester longtemps seuls sans déprimer gravement, argumenta la jeune fille.

— Ne t'inquiète pas, j'ai prévu le coup. J'ai téléphoné au camp et ils l'admettront sans problème et ce, dès demain matin. J'en ai même parlé à ton moniteur cet après-midi. Un homme charmant, au demeurant. Il m'a dit en riant que c'était une bonne chose et que tout le monde allait bien rigoler. Voilà qui me réjouit: il a l'air d'un homme qui aime que le groupe apprenne dans la joie et le rire. J'ai lu quelque part que c'était une formule gagnante. Plus je réfléchis, moins je comprends pourquoi tu détestes ce camp.

Cette réponse, d'apparence insignifiante, donna le coup de grâce à madame Shupiwa. Maintenant elle comprenait ces paroles de monsieur de la Rochemande…oui, celles qu'il avait dites au sujet de la punition qu'il ne lui donnerait pas lui-même. *Oh, pas besoin, quelqu'un d'autre va s'en charger!*

avait-il annoncé en ricanant... Ces paroles, il les avait lancées à ce moment-là comme une bombe à retardement qui explosait maintenant au visage de la jeune fille : demain, elle allait entrer au camp avec son tomoto et se couvrir de ridicule. Le moniteur avait raison, il n'avait pas besoin de trouver lui-même une punition.

Madame Shupiwa ressentait un profond découragement. Cette journée, qui lui avait paru si difficile, avait maintenant des airs de kermesse à comparer à ce qui l'attendait demain...

— Bon, nous avons déjà trop discuté, dit sa mère avec autorité. Nous avons tous une grosse journée demain. Monsieur Zatan et toi devriez aller vous coucher.

— Oui, ma très chère mère, voilà une excellente idée. Ma sœur et moi allons nous coucher. Bonne nuit, maman chérie, lui répondit mielleusement monsieur Zatan, fier de faire ses premiers pas sur le terrain de sa famille adoptive.

— Vous, grotesque bidule, ne parlez pas à ma place. J'irai me coucher quand je le voudrai, lui lança sèchement madame Shupiwa, histoire qu'il comprenne que le terrain en question était miné[1].

Monsieur Zatan ne fit ni une ni deux et alla se réfugier dans les bras de sa maman adoptive. Il semblait si triste que la protectrice ne put retenir

---

1. Terrain miné : terrain garni de mines explosives.

un soupir de sympathie et lui caressa les cheveux du bout des doigts. Elle le prit dans ses bras et l'emmena dans son petit lit, où il reçut un carré de sucre.

8

Une nuit blanche
à broyer du noir

Madame Shupiwa demeura seule au salon. Lasse de cette journée et encore plus du lendemain qui arriverait trop vite, elle s'affala sur le sofa massant. Elle se mit à jouer avec la télécommande jusqu'à ce que les milliers de billes insérées dans le sofa pétrissent son dos et ses jambes avec l'intensité désirée. L'absurdité de la situation l'obsédait. Elle n'arrivait pas à croire que le lendemain elle entrerait, accompagnée de monsieur Zatan, dans cette salle où tous l'avaient vue mépriser les tomotos! Elle voyait déjà Félicité s'écrouler de rire, Gio s'étouffer avec ses graines de tournesol et les frères BolaBola et Annisse venir la féliciter. Elle poussa un énorme soupir qui allait sûrement causer une tempête en Amazonie, et elle s'endormit.

Vers minuit, un drôle de bruit la réveilla. On aurait dit une boule roulant dans un pot en plastique. Le bruit se manifestait aussi régulièrement que le tic-tac d'une horloge. Elle crut tout d'abord qu'il s'agissait du sofa massant, mais s'aperçut vite que celui-ci s'était assoupi avec elle. Son oreille lui conseillait d'aller voir dans la chambre d'amis, mais ses yeux roulèrent dans leurs orbites en guise de désapprobation : voir quoi au juste ? On n'y distinguait rien, dans cette demeure, tellement la nuit l'avait enveloppée ! Ne pouvant compter sur ses yeux, madame Shupiwa mit ses mains à contribution. Elle évolua lentement à tâtons. Il fallait d'abord contourner la petite table du salon pour ensuite bifurquer vers le fauteuil chaud-froid, celui-là même qu'on appréciait l'été pour sa fraîcheur et l'hiver pour sa chaleur. Elle arriva face à un mur. La chambre d'amis se trouvait à droite. Elle parvint à mettre la main sur la poignée de porte. Pas de doute, ce drôle de bruit provenait bien de cette pièce. Elle y pénétra, le cœur battant. Le grincement de la porte fut suffisant pour sortir monsieur Zatan de son sommeil.

— Qui est-ce ? Au secours ! On m'attaque ! cria le tomoto en s'asseyant sur son lit.

— Ce n'est que moi, tomoto idiot. Vous m'avez réveillée avec votre ronflement ! gronda sa sœur avec vigueur.

— Ma chère sœur ! Quel plaisir de vous voir ! Vous savez, je vous pardonne pour tout à l'heure, vous étiez un peu éreintée par votre journée, et…

— Tout ce que je veux, c'est que vous cessiez de faire du bruit, grommela-t-elle.

— Quel bruit ? Je ne fais pas de bruit, je recharge mes piles, ou si vous voulez, pour utiliser vos termes, je dors !

64

— Mais vous ronflez !

— Je n'ai rien entendu.

— Bien sûr que non, puisque vous dormiez !

— Mais vous aussi, vous dormiez. Pourtant, vous avez entendu un bruit. Voilà qui complique les choses… dit-il en fronçant les sourcils et en se frottant le menton de la main gauche.

Madame Shupiwa se pétrit la figure d'un mouvement rapide de haut en bas. Elle comprenait que cette discussion ne la mènerait nulle part. Elle décida de l'interrompre avant de perdre les pédales.

— Je retourne me coucher avant de faire un malheur, lui dit-elle exaspérée.

— Un malheur ? Un malheur nous menace ? Et moi qui dormais ! Racontez-moi, chère sœur ! supplia-t-il, les mains jointes.

— Je n'ai rien à raconter. Bonne nuit, coupa-t-elle.

— Bonne nuit, sœur adorée. À demain.

Madame Shupiwa huma la douce odeur de caramel qui régnait dans la chambre. Oui, c'était bel et bien la seule qualité qu'elle trouvait aux tomotos ! Elle alla se coucher dans sa chambre. En refermant les yeux, elle se disait qu'il lui fallait se débarrasser de cet indésirable frère. Malheureusement, parmi les cent dix solutions qui lui venaient à l'esprit, aucune n'était très légale.

Le lendemain matin, la jeune fille ne se réveilla pas. Elle ne se réveilla pas pour la simple et bonne raison qu'elle ne s'était jamais endormie. Sans cesse, elle s'était emmêlée dans ses draps en se demandant comment elle se sortirait de cet été qui descendait sur une pente dangereuse. Une autre préoccupation, plus immédiate, la travaillait davantage : comment faire pour éviter d'entrer dans sa classe accompagnée de monsieur Zatan ?

Elle était déjà assise à table et buvait un verre de jus d'orange quand sa mère et monsieur Zatan firent leur entrée.

—Bonjour ma chère sœur ! Quel plaisir de vous voir si heureuse ce matin, gazouilla le nouveau membre de la famille.

Madame Shupiwa ne répondit pas.

—Quand même, ma fille, tu pourrais faire un effort. Monsieur Zatan te souhaite le bonjour, lui reprocha sa mère.

La fillette salua sa... famille avec un sourire boudeur. Elle voyait les minutes défiler et toujours pas de solution correcte en vue.

— Vous savez, sœur aimée, il me tarde d'aller à ce camp de jour avec vous. Nous allons bien nous amuser, lui dit joyeusement monsieur Zatan.

— Tiens, il fait beau ce matin. Pourtant on avait prévu de la pluie pour aujourd'hui, lui répondit madame Shupiwa, le regard dans le vague.

— Vous savez bien que les météorologues se trompent toujours ! Tant mieux, car nous pourrons profiter du soleil ! lui répondit-il, plus agaçant que jamais.

La jeune fille jeta un œil sur sa mauvaise surprise appelée monsieur Zatan. Elle se disait que son tomoto était tellement gentil qu'elle n'avait en réalité aucune raison valable pour le détester.

Mais elle le détestait quand même.

9

Hop, dans le placard !

Les jours se suivent et ne se ressemblent pas. Hier, madame Shupiwa avait hâte de recevoir sa surprise et aujourd'hui, elle cherchait à s'en débarrasser. Ainsi, tout ce qui lui avait paru trop lent la veille lui semblait maintenant trop rapide. Prenons par exemple le chemin menant à la sortie de l'immeuble : la petite famille le parcourut en un clin d'œil, car non seulement n'y avait-il personne pour discuter dans les couloirs, mais en plus l'ascenseur était prêt à les recevoir, la porte grande ouverte. Monsieur Zatan essayait de tenir la main de sa « chère sœur », mais sans succès, car elle gardait les bras obstinément croisés. Une fois sortie de la tour d'habitation, la jeune fille tenta par tous les moyens de modérer la marche vers la voiture, mais rien n'y faisait : sa mère s'y dirigeait plus vite que jamais.

— Ralentis, maman ! conseilla-t-elle aimablement. Tu vas encore avoir un caillou dans ton soulier ! Ou pire, tu trébucheras et te casseras une jambe ! Et sait-on jamais, un malheur entraînant l'autre, tu pourrais avoir un coma !

— Ma très chère sœur, laissez-moi vous corriger, fit monsieur Zatan en se raclant la gorge. On peut avoir un rhume, mais on ne peut pas avoir un coma. Vous auriez dû dire : tu pourrais entrer dans le coma.

Madame Shupiwa ignora totalement monsieur Zatan. Par contre, elle n'ignorait pas du tout qu'il fallait ralentir… au plus vite !

— Vraiment, maman, il faut que tu modères ton pas, pour ta propre santé.

— Mais je ne vais pas plus vite que d'habitude, mon chaton ! En plus, je ne me rends pas au bureau ce matin, car j'ai un traitement de silensologie. C'est mon premier rendez-vous !

— C'est pour le travail ?

— Oh, oui et non. C'est une nouvelle thérapie qui a pour principe les bienfaits du silence. Je vais m'asseoir dans une pièce où le niveau de bruit est le zéro absolu. Il paraît que cela ré-énergisera mon potentiel ! expliqua sa mère avec enthousiasme. Une amie à moi a eu deux promotions depuis qu'elle a commencé ses traitements !

Toutefois, avant la première séance de silensologie, il y avait la séance de conduite automobile. Comme tous les matins, une circulation monstre menaçait la sérénité des chauffeurs. Comme tous les matins, la maman de madame Shupiwa travaillait ardemment pour chaque centimètre de territoire routier.

— Maman, ne trouves-tu pas que la circulation est trop rapide, ce matin? Il me semble qu'il vaudrait mieux réduire la vitesse, suggéra la fillette en se rongeant les ongles, car chaque seconde gagnée par sa mère en était une de perdue pour elle.

— Saleté de chauffard! Tu as vu ce qu'il a fait? Me bloquer le passage, alors que j'allais m'installer illégalement dans la voie d'urgence! Les gens n'ont aucun respect! s'exclama sa mère, trop concentrée sur son ouvrage pour écouter qui que ce soit.

Aux yeux de madame Shupiwa, la route s'envolait à toute allure. La fillette se concentrait comme elle pouvait pour trouver une idée pour se débarrasser de son tomoto, seulement une! Plus le temps passait, moins elle était capable de penser. Elle regardait la figure bonasse de monsieur Zatan et elle enrageait. Dans quelques secondes, ils allaient arriver au camp Selabor et elle allait faire son entrée avec un tomoto. SON tomoto! Ensuite, il ne resterait plus que des lambeaux de son honneur...

L'auto fut garée devant la porte du camp.

— Nous voici arrivés. À plus tard mes amours! hurla leur maman en les poussant hors de l'auto.

— Au revoir, maman chérie, gazouilla monsieur Zatan.

Madame Shupiwa se précipita hors de la voiture pour s'engouffrer dans le hall d'entrée qui était heureusement désert. Monsieur Zatan se lança à ses trousses, en tant que frère aimant. Sa sœurmalgré-elle s'arrêta net, l'œil étincelant. C'était signe qu'une idée, telle une étoile filante, passait dans son esprit.

— Monsieur Zatan, je dois entrer aux toilettes, lui confia-t-elle en se tortillant les mains.

— Voilà une bonne idée! répondit-il avec un sourire niais.

— Oui, c'est vraiment une bonne idée, répondit-elle avec un sourire en coin.

Elle le fit entrer dans les toilettes. Chouette! Il n'y avait personne. Elle se lava les mains. Elle constata avec satisfaction que, comme prévu, la fameuse lampe sèche-mains était brisée. Elles étaient jolies ces lampes. Elles séchaient rapidement les mains. Mais elles étaient toujours brisées. Madame Shupiwa se retourna vers monsieur Zatan.

— Voilà qui est bien fâcheux, cher frère. Je vais devoir aller chercher quelque chose pour m'essuyer les mains, lui dit-elle en lui montrant ses mains mouillées.

— D'accord, allons-y! lui répondit-il en se dirigeant vers la porte, comme le chevalier sans peur et sans reproche partant en mission.

— Non! Vous restez ici! s'exclama-t-elle. J'irai plus vite seule, car je galope, alors que vous ne faites que trotter.

— Mais vous reviendrez au plus tôt, n'est-ce pas? s'inquiéta-t-il.

— Aussi vite que je le pourrai! mentit-elle à travers la porte qui se refermait.

10

Jeux de rôles

Madame Shupiwa était débarrassée pour le moment même si sa solution n'était pas des plus élégantes. Elle s'en repentirait certainement dans quelques années lorsqu'elle prendrait le temps d'y réfléchir.

Quoiqu'il en soit, notre amie se précipita vers sa classe, seule et... soulagée ! Elle arriva juste à temps pour le discours d'ouverture de monsieur de la Rochemande.

— Bonjour vous tous ! J'espère que vous êtes en forme, car aujourd'hui nous allons travailler fort ! annonça-t-il en remontant ses pantalons par la ceinture.

La jeune fille s'aperçut de deux choses : la première étant que monsieur de la Rochemande regardait souvent de son côté. Il se demandait sans doute pourquoi elle n'était pas accompagnée de son tomoto. Elle lui sourit angéliquement. Ensuite, elle vit que Félicité était absente. Aah, qu'il était agréable de ne pas subir son regard de rapace qui... ouille ! brûlait notre amie, dès qu'il se posait sur elle. Monsieur de la Rochemande était donc bien tranquille et Miss Calamité absente : la journée se présentait plutôt bien !

— Tiens, je croyais que l'équipe des Tournesols souriants aurait un nouveau membre aujourd'hui. Ce sera pour demain, alors… présuma monsieur de la Rochemande avec un air piteux.

Madame Shupiwa sentit une chaleur lui monter aux joues. Elle resta silencieuse, mais jeta un coup d'œil discret sur la porte avec une certaine angoisse, car elle craignait de voir apparaître la grosse bouille stupide de son tomoto. Elle s'empressa d'aller retrouver son équipe afin de se soustraire aux regards du moniteur. Ce dernier fixa madame Shupiwa un moment, puis reprit son exposé là où il avait laissé :

— Bien. Nous allons nous amuser, vous allez voir ! Une équipe sera choisie au hasard. Cette équipe jouera dans une mise en situation qui me permettra de vous expliquer le premier principe du cours : *Méfiance est mère de sûreté*.

C'est l'équipe des Tournesols souriants qui fut désignée. Madame Shupiwa fut tentée d'utiliser son échappatoire numéro un : le faux besoin pressant d'aller aux toilettes. Mais il y avait déjà un locataire, en l'occurrence, monsieur Zatan. Il lui fallut donc se résoudre à s'avancer avec les autres membres de son équipe.

— Laissez-moi distribuer les rôles, dit le moniteur. Annisse et monsieur BolaBola, vous

serez « les étrangers » ; Gio sera l'enfant ; et évidemment, la demoiselle jouera le rôle de la maman.

— Et comment nous appellerons-nous ?
demanda monsieur Annisse.

— Plaît-il, Annisse ? demanda monsieur de la
Rochemande.

— Oui, plaît-il ? grinça madame Shupiwa.

Encore une fois, une altercation semblait se
préparer avec ses ennemis de la veille.

— Monsieur le moniteur, dit Annisse, vous
venez de nous annoncer que la Méfiance est
mère de Sûreté. Ainsi je comprends que la maman
se prénommera Méfiance et son fiston Sûreté. De
bien drôles de noms, soit dit en passant. Mais vous
ne dites rien à propos de nous, les étrangers.
Comment nous appellerons-nous ?

— Pour l'instant, vous vous contenterez de
cogner à la porte. Nous vous trouverons des noms
plus tard, expliqua monsieur de la Rochemande
avec une pointe d'impatience.

— Ah, ça non ! lança monsieur Annisse. S'ils
ont des noms, nous aussi, il nous en faut. Ce n'est
pas juste !

— Mais si vous êtes des étrangers, c'est normal
que nous ne connaissions pas vos noms ! observa
Gio.

L'intervention de Gio donna à réfléchir aux
frères sans nom. Le moniteur put enfin placer les
acteurs : Madame Shupiwa et Gio se trouvaient
dans la « maison » et les frères Annisse et monsieur

BolaBola derrière la porte d'entrée (et de sortie) du local. Après quelques explications, le jeu de rôle put commencer :

— Gio, maman doit sortir. Sois bien sage pendant mon absence. Au revoir, mon petit, dit madame Shupiwa en quittant le devant de la scène pour aller confortablement s'asseoir dans la salle.

— Au revoir maman! répondit Gio, sans grand talent.

C'est à ce moment que les frères Annisse et monsieur BolaBola entraient en scène.

— TOC, TOC, TOC, fit le poing grassouillet d'Annisse sur la porte.

— Entrez! répondit nonchalamment Gio.

Monsieur de la Rochemande, s'il avait eu les cheveux plus longs, se les serait arrachés.

— Stop! trancha-t-il. Monsieur Gio, n'avez-vous pas oublié quelque chose?

— Ah, oui, c'est vrai! Ils ne peuvent entrer, car la porte est verrouillée! s'exclama-t-il, la main sur le front.

— Non, mais non, vous n'y êtes pas du tout! Demandez au moins qui est à la porte! Vous ne laissez pas les gens entrer comme cela! Reprenons! Et il dut aller à la porte pour demander aux « étrangers » de recommencer.

— TOC, TOC, TOC, firent les phalanges de monsieur Annisse.

— Qui... pfft... est là? demanda docilement Gio en crachant des écales de graines de tournesol.

— Nous sommes des étrangers, répondirent les frères.

— Stop! fit de nouveau monsieur de la Rochemande en soupirant. Voyons, les amis, ne dites pas d'emblée que vous êtes des étrangers! Donnez des noms!

Monsieur Annisse fit remarquer qu'on leur avait dit que leurs noms étaient inconnus puisqu'ils étaient des étrangers. Le moniteur se frotta le front lentement en fermant les yeux. Il se pencha vers eux et leur chuchota des noms. Puis, il recommencèrent la scène.

— TOC, TOC, TOC!

— Qui est là? demanda Gio en jouant avec le lacet de son soulier.

Cette fois, le moniteur ne put interrompre la scène puisqu'elle ne se poursuivit pas. Le silence régnait dans la salle. Le moniteur se dirigea à grands pas vers la porte et l'ouvrit brusquement. Les deux frères discutaient gentiment.

— Mon cher frère, je sais à quel point vous aimez aimer ce nom, prenez-le! Il vous va si bien et parfaitement! déclara monsieur BolaBola.

— Oui, c'est vrai que Jack m'irait à merveille, répondit Annisse. Cependant, je vous ai vu grimacer lorsque le moniteur a suggéré Bul. Alors soyez Jack, je serai Bul.

— Que se passe-t-il ici? tonna le moniteur, furieux. Monsieur Annisse le regarda d'un air surpris.

— Mais… nous distribuons les rôles ! Vous n'avez pas spécifié qui est Jack et qui est Bul !

Monsieur de la Rochemande referma la porte derrière lui pour discuter plus à l'aise avec ses deux acteurs. Il rentra dans le local en homme déterminé. Il tapa trois fois des mains pour marquer la reprise de la scène.

— TOC, TOC…TOC !

— Qui est là ? demanda Gio, les mains derrière la nuque.

— Nous sommes des marchands de bonbons, clamèrent les deux frères.

— Entrez ! cria Gio.

Monsieur le moniteur avait l'air d'un épi de maïs satisfait. Il marcha tranquillement vers Gio, la tête haute.

— Ainsi vous laissez entrer ces supposés marchands, monsieur Gio… dit-il mordant dans chaque mot.

— Bien, euh, oui, hésita Gio.

Le moniteur se tourna vers le groupe.

— Croyez-vous que monsieur Gio fait une bonne chose, les amis ?

Sans attendre de réponse, il se tourna à nouveau vers Gio.

— Voyons, jeune homme, et si c'étaient de dangereux criminels ? suggéra le moniteur en croisant les bras.

— Je ferais comme ça et comme ça! répliqua Gio en mimant les coups qu'il avait appris dans ses cours de karaté.

La classe s'esclaffa bruyamment. Quant au moniteur, il se disait qu'il aurait dû écouter sa mère et devenir comptable.

11

Ça discute dans les cabinets

Pendant que monsieur de la Rochemande épuisait ses dernières réserves de patience, monsieur Zatan était toujours aux cabinets de toilette à espérer le retour de madame sa sœur. En frère obéissant, il attendait sans broncher. En fait, il faisait une sieste. Cependant, un bruit de voix de jeunes filles se rapprochant des cabinets le sortit de son engourdissement. Il se précipita dans un isoloir et referma la porte juste à temps, car les voix se transformèrent bientôt en fillettes bien réelles qui s'installèrent devant le grand miroir.

— Avez-vous un peigne, mademoiselle Félicité? demanda une grande girafe aux longs cheveux bruns. J'ai oublié le mien chez mon père.

— Bien sûr que oui! J'aime trop mes cheveux pour me promener sans peigne! affirma Félicité en contemplant ses beaux cheveux blonds dans le miroir.

— Parlant de cheveux, croyez-vous que ceux de madame Chipie frisent vraiment naturellement? demanda la girafe en brossant vigoureusement sa crinière.

— Bien sûr que oui! C'est la seule chose qu'elle a de bien, d'ailleurs! gloussa Félicité.

— Hi, hi! J'ai hâte de lui jouer notre petit tour! s'enthousiasma la girafe en lissant ses cheveux.

— Ce n'est pas un petit tour, c'est un grand coup! Et devinez quoi? J'ai eu une idée qui va rendre le tout non seulement drôle, mais en plus lucratif!

— Lucratif?

— Oui! Nous allons faire des profits!

— Racontez, je vous en prie!

Monsieur Zatan tendait l'oreille. Il ne comprenait pas tout à fait les propos, mais cela le divertissait néanmoins.

— Nous allons tout filmer: son entrée déguisée en voleuse, son air inquiet, ses gaffes, son accident et son arrestation par les policiers. Ensuite, nous allons organiser une projection et vendre des billets!

— Ho! Ho! Vous êtes géniale, mademoiselle Félicité! s'exclama la girafe en levant les bras au ciel. Mais où vous procurerez-vous les caméras?

— Voyons, ma chère Jasmine, vous savez très bien que mon père est un maniaque de technologie! J'utiliserai ses caméras de surveillance, c'est aussi simple que cela! Je n'arrive pas à croire que je vais bientôt réaliser mon premier film!

— Il faudrait inviter notre victime bientôt, dit la brune girafe en grimaçant.

— Mmm, nous devons trouver le bon moment, répondit Félicité, pensive. Elle ne doit se douter de rien. En fait, il serait mieux que ce soit quelqu'un d'autre que moi qui l'invite à notre « fausse » soirée « bandits et voleurs ». Pourquoi pas vous ? fit-elle en se tournant vers la girafe.

— Jamais ! Madame Shupi va flairer l'arnaque ! Elle sait à quel point je la déteste ! Il faut absolument trouver quelqu'un d'irréprochable.

— Et puis non… marmonna Félicité. Elle resta songeuse un petit instant, puis sursauta. Elle réalisa qu'il y avait un bon moment qu'elles étaient là à converser. Peignes et barrettes dorées prirent le chemin des sacs au plus vite et les demoiselles s'éclipsèrent.

12

Voici monsieur Zatan

Pendant que de sombres plans étaient échafaudés contre elle, madame Shupiwa bâillait. Oh, rien d'alarmant, ce n'était qu'un quatrième bâillement. Somme toute, elle s'amusait bien. Et justement, puisque les enfants s'amusaient ferme et que le moniteur montrait des signes de fatigue, il était temps de faire une pause.

Qui dit pause, dit pipi. Qui dit pipi, dit toilettes. Qui dit toilettes dit... monsieur Zatan! Il fallait l'en faire sortir rapido avant que toute la classe ne fasse sa rencontre! Madame Shupiwa se rua vers les cabinets pour en ressortir avec monsieur son frère qui – comme d'habitude – était fort content de la voir. Elle le conduisit vers le hall d'entrée, à l'abri des regards indiscrets.

— Madame Shupi, ma sœur adorée, comme vous m'avez manqué! larmoya monsieur Zatan en étreignant sa sœur.

— Oui, oui, c'est ça, répondit-elle sèchement. Elle se dégagea tant bien que mal des bras de son tomoto et lui annonça qu'elle avait des choses graves à lui dire.

Elle joignit les mains devant sa bouche en signe de recueillement. Ensuite, elle ferma les yeux un instant pour mieux faire effet. Monsieur Zatan la regardait avec les yeux tout écarquillés. «C'est réussi! Il est impressionné» se dit madame Shupiwa, «ne reste plus qu'à être convaincante!».

— Voilà: je dois vous avertir du plus grand danger, lui glissa-t-elle tout bas.

— Nom d'un tournevis! Un danger! Pourquoi ne m'avertissiez-vous pas avant, ma sœur? s'écria monsieur Zatan, si nerveux que ses bajoues commençaient à trembler.

— Tout d'abord, pour votre propre sécurité, vous devez essayer de ne plus m'appeler «ma chère sœur».

— Mais c'est impossible! Vous êtes ma sœur! Pour toujours! s'exclama monsieur Zatan en écartant les bras. L'évocation de cet amour éternel déprima madame Shupiwa, mais elle se ressaisit aussitôt.

— Laissez-moi vous expliquer, monsieur Zatan: voyez-vous, j'ai des ennemis. Ils ont juré ma perte. Ils commenceront par attaquer tout ce qui m'est cher, confia madame Shupiwa, la main sur le cœur.

— Je vous suis cher? Vous m'aimez donc? s'écria monsieur Zatan.

— Ha! Ai-je dit cela? Quand je dis cher, c'est en rapport à votre prix, rectifia-t-elle.

— Oh, eh bien, vous me voyez désolé ! dit-il en baissant les yeux.

— C'est ainsi, que voulez-vous ! Bon, revenons à nos moutons…

— Avant de revenir à vos moutons, je dois vous dire quelque chose. Je… je… dois vous dire… qu'une grave erreur a été commise, confia monsieur Zatan.

Une grave erreur ? Madame Shupiwa sentit son estomac se nouer. Quelqu'un avait-il vu le tomoto aux cabinets ? Elle n'aurait jamais dû l'y laisser si longtemps !

— Que voulez-vous dire, monsieur Zatan ? Avez-vous fait des rencontres pendant que vous m'attendiez ? s'enquit-elle, un brin inquiète.

— Des rencontres ? À proprement dit, non.

— Qu'y a-t-il, alors ? Parlez ! s'impatienta-t-elle.

— Eh bien, vous avez dit que je vous étais cher. Cela m'a induit en erreur, car j'ai alors cru que vous m'aimiez. Il aurait fallu dire, pour exprimer correctement votre pensée, que je vous avais *coûté* cher. Voilà ce que j'avais sur le cœur ! Et je ne me suis pas gêné pour vous le faire entendre, na ! Et de toute façon, je suis programmé pour corriger vos erreurs de français, re-na !

Madame Shupiwa avait oublié ce trait particulier de ce cher monsieur Zatan . Ainsi, les mâchoires de la dite sœur aimée passèrent de la crispation inquiète à la crispation fâchée. Bref, elle avait la folle envie d'égorger son tomoto.

Elle reprit la conversation en s'efforçant de garder son calme.

— Oui, merci de cette précision, monsieur Zatan. J'en prends bonne note. Je disais donc que j'ai des ennemis qui pourraient devenir dangereux pour vous. Alors, il vaudrait mieux que nous inventions une histoire sur votre présence ici.

— Oui, oui, vous avez raison. Laissez-moi trouver une issue…

— Non! cria malgré elle madame Shupiwa. Puis, plus doucement, elle ajouta : vous comprenez, nous n'avons pas beaucoup de temps, j'ai donc eu une petite idée qui nous sauvera tous deux. L'important, c'est que tout à l'heure vous me laissiez parler.

— Voilà une excellente solution, chère sœur! déclara le tomoto. Je l'appliquerai pour ma propre sécurité et pour votre plus grande sérénité. Au fait, quelle est-elle, cette solution?

— Vous verrez. Tout d'abord, il vous faut abandonner le « chère sœur ».

— Mais c'est impossible! On m'a programmé ainsi! Vous êtes ma chère sœur!

— Alors, ne m'adressez pas la parole et tenez vous loin de moi, lui chuchota-t-elle à la hâte.

La discussion se conclut par un sourire bonasse de monsieur Zatan auquel sa sœur répondit par un sourire satisfait. Ils entrèrent en classe. Madame Shupiwa devançait monsieur Zatan d'au moins dix pas. Le groupe remarqua rapidement le nouveau venu. Il en fut de même pour monsieur de la Rochemande lorsqu'il revint de son bureau. Enfin, le moment qu'il attendait depuis la veille était arrivé.

— Tiens, tiens, tiens, tiens, tiens, tiens... qui voilà! lança-t-il, en appuyant les mains sur ses hanches étroites.

S'il n'avait pas eu des origines de robot, monsieur Zatan eut rougi jusqu'aux racines des cheveux. Heureusement, il se tint droit comme un piquet et regarda passivement le moniteur. Il ne parla point, respectant ainsi la consigne imposée par sa sœur.

— Avec qui êtes vous venu ici, monsieur le tomoto? demanda monsieur de la Rochemande d'un ton moqueur

— Avec moi! s'empressa de répondre madame Shupiwa. Ce tomoto s'appelle monsieur Zatan. Ma mère le gardera pendant quelques semaines pour dépanner un ami.

— Ainsi, vous êtes frère et sœur... insinua monsieur de la Rochemande, prêt à savourer sa victoire.

— Pas du tout! Je viens de vous le dire: ce tomoto appartient à un ami de ma mère. Et ce n'est pas parce qu'il loge chez ma mère qu'il a un lien avec moi, répondit calmement la jeune fille.

— Mmmoui, bien sûr, pourtant...

Monsieur de la Rochemande s'arrêta pour fouiller dans sa mémoire. Il se rappelait qu'au cours de la conversation téléphonique de la veille, la mère de madame Shupiwa lui avait mentionné l'arrivée du tomoto… mais sans plus. Après un bref silence, le moniteur agita sa main comme s'il chassait des mouches et annonça la reprise du cours dans dix minutes.

13

L'invitation

Victoire ! Affaire classée ! Madame Shupiwa jubilait. Bon, d'accord, la solution n'était pas parfaite,
mais elle avait le mérite de lui éviter les moqueries
de ses camarades et l'agaçante sollicitude de monsieur Zatan. Enfin, pour l'instant du moins. Maintenant, il fallait faire diversion. Vite quelqu'un
pour engager une conversation avant qu'on lui
pose des questions embarrassantes ! Elle se tourna
vers Gio et prit un air intéressé.

— C'est vrai, vous pratiquez le karaté, monsieur
Gio ?

— Oui, depuis quelques années, répondit-il, les
yeux tournés vers monsieur Zatan.

— Depuis quelques années ? s'étonna madame
Shupiwa.

— Il y aura quatre ans en septembre, répondit-
il mollement.

— Oh, là, je suis impressionnée ! Et pourquoi
avez-vous décidé de débuter si jeune ? insista-t-elle
en prenant des grands airs de journaliste vedette.

— Bof…

— Ah, je sais… c'est à cause des films de karaté.

— Pas du tout, répondit-il indifférent et même presque agacé. Il affichait la même mine ennuyée que les parents qui se font déranger par leurs enfants pendant le journal télé (c'est d'ailleurs le meilleur moment pour leur annoncer qu'on a cassé le vase rose du salon)

— Mais alors, quoi ? Vous vouliez être capable de vous défendre dans la cour d'école ?

— Mais non. Au début, ce n'était pas tout à fait ma décision, mais avec le temps, j'y ai pris goût, expliqua-t-il.

— On vous a obligé à suivre des leçons ?

— Mm, mhh, marmonna-t-il, toujours aussi passionné par cette discussion.

— Mais... alors, pourquoi vous inscrire à ces cours ? continua madame Shupiwa en essayant désespérément d'attirer l'attention de Gio. Rien à faire, il fixait obstinément monsieur Zatan.

— Eh bien, ce sont mes parents qui croyaient que j'en avais besoin, car ils aiment le sport. Je n'ai pas le choix vraiment, comme de m'appeler Gio d'ailleurs. Il y a des fois où je crois que mes parents sont déçus marmonna-t-il en semblant maintenant se parler à lui-même.

Ce Gio n'avait décidément pas fini de la surprendre. Madame Shupiwa voulait demander des éclaircissements à son ami, mais quelque chose la chatouillait : ses yeux firent un tour d'horizon et captèrent les regards furtifs lancés par la blonde Miss Calamité qui discutait au loin avec ses amies.

Félicité adorait se moquer de madame Shupiwa avec ses copines. D'ailleurs, elles allaient sans doute lui lancer quelques flèches sous peu. Madame Shupiwa sentit une grosse boule de peine lui monter dans la poitrine. Pour éviter d'être envahie par la tristesse, elle s'empressa de poursuivre la discussion avec Gio, au demeurant fort intéressante… du moins pour elle.

— Je ne suis pas sûre de comprendre. Vos parents sont des athlètes et ils étaient déçus de quoi?

— De mon physique chétif, répondit son camarade en regardant ailleurs.

Elle suivit son regard et vit que Miss Calamité semblait vaguement marcher en sa direction. Pendant une seconde, elle crut que son ex-meilleure amie venait lui parler. Mais elle se ravisa, considérant que cette hypothèse était au mieux prétentieuse, au pire ridicule. Elle se retourna vers Gio, afin d'obtenir des précisions à propos de ses énigmatiques paroles.

— D'accord, vos parents étaient déçus de votre physique, mais quel rapport avec votre nom? lui demanda madame Shupiwa, car elle brûlait de savoir.

— À qui appartient monsieur Zatan? De qui est-il le frère? bifurqua Gio.

Voilà qui glaça doublement son interlocutrice. Non seulement évitait-il de répondre à sa question, mais il lui renvoyait une question gênante. Madame

Shupiwa n'avait nullement l'intention de revenir sur le dossier «monsieur Zatan». Elle cherchait un prétexte pour changer de propos sans éveiller les soupçons. C'est alors que du secours inespéré lui vint d'une provenance inattendue : Félicité, qui s'était discrètement glissée dans le groupe.

— Bonjour à vous tous! dit-elle en souriant.

Madame Shupiwa ne répondit pas : l'intrusion était bienvenue, mais l'ennemie l'était moins.

— Ainsi, madame Shupi, votre mère garde un tomoto : c'est gentil à elle… poursuivit Félicité.

— Oui, oui, bien sûr, balbutia madame Shupiwa.

Décidément, il était impossible d'échapper aux questions concernant monsieur Zatan. Madame Shupiwa avait forgé son histoire trop hâtivement pour être maintenant en mesure de donner des détails crédibles. Son cœur battait très fort. Un important afflux de sang lui monta au visage. Malgré ses efforts pour garder un air impassible, elle grimaça. Miss Calamité s'en aperçut et comprit qu'il y avait anguille sous roche. D'ordinaire, la blonde vipère aux yeux verts aurait cédé au plaisir de mener un interrogatoire serré… et de la crucifier en public. Toutefois, sa mission du moment était trop importante pour risquer de tout gâcher. Elle éteignit l'étincelle qui avait jailli de sa boîte à malice et reprit plutôt son mignon sourire.

— Et comment allez-vous, madame Shupi? s'enquit-elle doucereusement.

— Assez bien, répondit une madame Shupiwa sur la défensive.

— Votre mère va bien ?

— Toujours, dit-elle en se demandant où son ennemie voulait en venir avec ses questions.

— C'est un très beau début d'été, n'est-ce pas ?

— Oui.

— Un peu dommage d'être enfermées ici... Plutôt.

— Moi, vous savez, j'aurais préféré aller à ce camp de vacances au lac Swompi, confia Félicité.

Il y a quelques années, les deux amies avaient séjourné à ce camp d'été et elles en gardaient de beaux souvenirs. Ce n'était pas un hasard si Félicité abordait ce sujet : elle avait en quelque sorte décidé d'allumer le chalumeau pour attaquer le mur de glace dont s'entourait madame Shupiwa.

— Bien sûr, répliqua la fillette, toujours aussi laconique.

Le chalumeau était manifestement insuffisant. Il fallait sortir la dynamite :

— Et mieux que ce camp d'été : le domaine de votre grand-mère ! Cueillir des fleurs, se baigner dans la rivière, aller à la chasse aux papillons...

— Oui, soupira madame Shupiwa, qui rêvait, on le sait, de passer l'été chez sa grand-mère.

— Et le plus agréable de tout, c'était votre grand-mère. Si hospitalière, si chaleureuse... comment va-t-elle ?

— La… la dernière fois que je l'ai vue, elle était radieuse et riante, comme toujours, dit madame Shupiwa d'un ton monocorde. Elle se grattait le coco à la recherche d'une explication sur le véritable but de cette conversation.

De son côté, Félicité fut encouragée par cette réponse de plus de deux mots : le mur de glace commençait à fondre ! Elle poursuivit :

— Aaah oui, je me souviens de nos visites chez elle. Sa tarte aux cerises était si… réjouissante !

— Elle l'est toujours autant ! Et l'eau de la rivière toujours aussi rafraîchissante ! s'exclama madame Shupiwa en se laissant emporter par l'émotion, car elle avait été si heureuse à cette époque !

Félicité lui sourit, les mains jointes et la tête tombant légèrement vers l'épaule gauche. Elle était jolie avec ses pétillants yeux verts et son petit nez retroussé.

— Oui, c'était de beaux jours, chuchota la blondinette, en plissant légèrement ses yeux rieurs d'un mouvement rapide. Sa brune interlocutrice ne put rien déchiffrer. Félicité était-elle nostalgique ? Peut-être voulait-elle redevenir sa complice ?

— Oui, de beaux jours, répéta madame Shupiwa qui, quoiqu'un peu amollie, ne voulait pas s'exposer.

— Je me disais… commença Félicité.

— Oui ?

— Je me disais que vous pourriez peut-être…

— Peut-être?

— Accepter mon invitation

— Une invitation?

— Oui, oui! souffla rapidement Félicité. Puis, comme si elle expulsait enfin un morceau de carotte qui l'empêchait de respirer, elle ajouta: Oui, j'organise une petite fête costumée chez moi! Le thème sera «bandits et voleurs». Samedi soir, vingt heures, vous y serez?

— Je... je verrai.

— Alors c'est oui? Chouette! À samedi!

Et Félicité rejoignit son équipe. Madame Shupiwa était stupéfaite. Gio n'en croyait pas ses yeux d'un si beau bleu. Quant à monsieur Zatan, il s'était tenu à l'écart selon la consigne imposée... mais il avait quand même capté l'essentiel de la scène. Et il fronçait légèrement le sourcil.

14

Madame Calfeutre
ou le feu sacré de la cuisine

Le soleil avait à peine entamé son jogging quotidien dans le ciel; les oiseaux avaient à peine sifflé une dizaine de mélodies; la maman de madame Shupiwa avait à peine avalé trois cafés. Autrement dit, la journée ne faisait que commencer. Pourquoi alors madame Shupiwa avait-elle l'impression d'être debout depuis cent ans? Peut-être était-ce parce qu'elle n'avait pas dormi de la nuit? Qu'est-ce qu'il semblait loin, son délicieux engourdissement d'hier matin! Au fait, une coccinelle qui trotte au plafond, ça peut parcourir combien de kilomètres en cent ans?

Monsieur de la Rochemande vint mettre fin à la pause. Ce dernier arriva, chatoyant comme un épi de maïs au soleil. Il annonça le programme à venir:

— Mes chers anges, quel plaisir de vous retrouver! Tout à l'heure, vous avez apprécié notre petit jeu, je le sais. Eh bien, laissez-moi vous dire que nous avons des activités encore plus palpitantes à vous offrir pour le reste de la journée!

Nous allons maintenant rencontrer une diététiste qui nous expliquera les fondements d'une bonne alimentation : n'est-ce pas grisant ? Ensuite, vous serez appelés à concocter un plat tout à fait santé : Quelle fascinante expérience ! Que de belles occasions d'évoluer !

Le groupe resta impassible devant les simagrées et les exclamations de monsieur de la Rochemande. Dix-sept élèves sur vingt se questionnaient sur la sincérité de leur moniteur. Non mais, peut-on vraiment prétendre qu'une rencontre avec une diététiste soit… grisante ? Quant au reste de la classe, il faisait une sorte de triangle : Gio regardait monsieur Zatan, monsieur Zatan essayait de ne pas regarder sa chère sœur et madame Shupiwa s'efforçait de contenir la joie procurée par les promesses de réconciliation avec son amie Félicité. Enfin, se réjouissait-elle, tout allait redevenir comme avant !

Nous épargnerons au lecteur la narration de la rencontre avec la diététiste. Elle fut sans histoire, à part peut-être une querelle entre messieurs Annisse et Gio. Le premier prétendait qu'il devenait allergique aux graines de tournesol parce que le second en consommait trop.

Le reste de la journée fut en ébullition, si on peut s'exprimer ainsi. En effet, c'était l'heure de jouer au cuistot avec madame Calfeutre, une vétérane des fourneaux. La digne dame portait le chignon, des kilos en trop et des lunettes qui, plus souvent qu'autrement, reposaient sur sa poitrine, attachées par deux chaînettes aussi argentées que ses cheveux. On admirait le talent et l'imagination dont cette femme bien en chair savait faire preuve. La légende voulait qu'elle ait déjà composé un repas digne d'un roi avec un chou-fleur, une demi-tomate et le fond d'un sac de farine laissés par l'ex-locataire de son logement !

Le laboratoire de cuisine était fort différent des classes que les élèves avaient connues jusque-là. Chaque équipe possédait son four, sa plaque chauffante et une armoire à ingrédients. En prime, un superbe bouquet de fleurs trônait sur le bureau de madame Calfeutre, égayant magnifiquement les lieux. Monsieur BolaBola le trouva d'ailleurs fort tentant. Cependant, il n'avait aucune chance d'approcher le trésor de délices, puisque Annisse l'avait à l'œil et qu'il ne le quittait pas d'une semelle. Madame Calfeutre mit ses lunettes et prit la parole.

— Alors, mes petits chéris, nous allons maintenant concocter une soupe qui sera un franc succès, j'en suis certaine ! C'est une soupe à base de bouillon de grenouille relevée de deux légumes de couleur orange. Je l'appelle d'ailleurs la soupe Soleil de l'Étang ! Oui, je suis un peu poète dans l'âme, je le reconnais… mais, je m'égare, revenons à la soupe. Vous avez devant vous les ingrédients : quatre tasses d'eau décontaminée ; deux carottes naturelles, sans agent artificiel ; une boîte de peau de citrouille concassée et des aiguilles de pin pour donner un peu de goût. Maintenant, parlons du bouillon[1] : il y a des paresseux qui se servent tout simplement de cubes de bouillon de grenouille concentré vendus en magasin. Moi, j'aime mieux le préparer moi-même. C'est tellement meilleur quand c'est fait maison ! Vous trouverez donc, à votre gauche, tous les ingrédients nécessaires à la fabrication du bouillon : du sel, du glutamate monosodique, du shortening d'huile végétale, de la protéine végétale hydrolysée, du gras de grenouille, de l'extrait de grenouille, de la gomme de guar, du caramel en poudre, de l'inosinate disodique, du guanylate disodique, de l'acide tartrique, et finalement de l'acide citrique et quelques épices.

Après cette énumération, les élèves faisaient la grimace. La liste des ingrédients du bouillon leur donnait le haut-le-cœur. Ils se demandaient s'ils n'étaient pas plutôt en train d'assister à un cours de chimie. Ils allaient manger *ça*, eux ? La blonde Félicité leva la main.

— Oui, jeune fille, qu'y a-t-il ? demanda madame Calfeutre en levant le nez.

— C'est que… je ne suis pas sûre que ces produits sont bons pour ma santé, et…

---

1. Vous ne pourrez pas dire que ce livre n'a pas de contenu : vous voilà maintenant en train d'apprendre qu'un bouillon est le liquide dans lequel ont bouilli des aliments.

— Et quoi ? Jeune fille, ne me dites pas que vous n'avez jamais mangé de la soupe en conserve ou pris une tasse de bouillon fait de concentré !

— Oui, mais…

— Mais si vous saviez lire, vous pourriez consulter la liste des ingrédients apparaissant sur la boîte des cubes de bouillon. Vous verriez que j'utilise pratiquement les mêmes. J'ai seulement changé quelques épices pour donner un petit goût piquant. Alors il n'y a pas de quoi faire la moue ! Eh non, vous ne savez pas lire, et c'est dommage pour vous. Le ministre qui a fait cette réforme de l'éducation devrait être mis en prison ! A-t-on idée de retarder l'apprentissage de la lecture ! Bon, assez discuté. Vous allez maintenant vous préparer à utiliser la cuisinière.

Puisque maintenant tous les foyers en étaient équipés, les enfants devaient apprendre à utiliser la cuisinière à commande vocale. Celle-ci obéissait au son de la voix, pourvu qu'on ait été autorisé à le faire. Ainsi, après avoir entré un code secret à quatre chiffres, il fallait prononcer les cinq voyelles *a, e, i, o, u* pour devenir un utilisateur. Madame Calfeutre demanda que l'on désigne un utilisateur par équipe.

— Çà ! Ce ne sera pas monsieur BolaBola, le four travaillera deux fois plutôt qu'une ! s'exclama madame Shupiwa en riant.

— Alors, là, ce n'est pas gentiment sympathique ! Pas du tout, du tout ! fit monsieur BolaBola.

— Exactement! Et puisque c'est ainsi, le représentant, ce ne sera pas moi non plus! répliqua Annisse.

— Allons, allons, ne nous énervons pas, c'était une blague, tempéra madame Shupiwa. Tiens, pourquoi ne pas tirer au hasard? suggéra-t-elle.

— Puisqu'une pièce de monnaie n'a que deux côtés, nous vous laissons, à vous et à monsieur Gio, le soin de jouer à pile ou face, ronchonna Annisse en croisant brusquement les bras sur son torse robuste.

Le sort désigna Gio.

Gio!

Celui-là même qui avait toujours une poignée de graines de tournesol dans la bouche. On dit que le hasard fait parfois bien les choses… cela impliquant que parfois aussi, il les fait mal. Malgré tout ce qu'il avait dans la bouche, Gio réussit quand même à prononcer les voyelles, comme l'avait demandé la professeur. Ceci exécuté, on attendait les nouvelles instructions de madame Calfeutre. Elles ne tardèrent pas à venir:

— Vous allez mettre l'eau décontaminée dans la casserole et ensuite placer le tout sur la plaque chauffante à droite. L'utilisateur désigné doit dire: «droit, maximum» Et je ne veux pas de bouches molles! Articulez, que diable!

Gio s'exécuta fièrement. On attendit. Rien. Gio recommença. Toujours rien. Madame Calfeutre reprit la parole.

— Je vois d'ici l'eau qui frémit dans quelques chaudrons. Lorsque vous y verrez de grosses bulles, il sera temps d'y mettre tous les ingrédients du bouillon.

On commençait à s'impatienter sérieusement chez les Tournesols souriants, car leur eau restait froide.

— Ce 'our – gnoc, gnoc – n'est pff, bon à 'ien, affirma Gio en mastiquant ses écales.

— C'est plutot vous, qui n'êtes bon à rien! répliqua Annisse.

— Vite, appelons le professeur! Nous prenons du retard! Nous sommes cuits! cria monsieur Zatan en adressant un signe de détresse au professeur.

Madame Calfeutre rappliqua aussitôt.

— Que se passe-t-il, ici?

— Justement, il ne se passe RIEN! gémit monsieur Zatan.

— L'élément ne chauffe pas! précisa Annisse.

— Attendez que je regarde l'écran. Eh bien, la voilà, la raison! Vous n'avez pas dit: «droit, maximum», mais plutôt «froid, maximum»!

Tous les yeux se tournèrent vers Gio, qui venait d'avaler enfin sa poignée de graines de tournesol.

— Pas du tout! J'ai dit, bien clairement, «droit, maximum!» articula Gio en prenant bien soin de mettre à contribution tous ses muscles faciaux ainsi que ses cordes vocales.

— Ah bon, fit madame Calfeutre, perplexe, peut-être qu'en effet il y a un problème... mais, mais... mais le voilà qui fonctionne, cet élément! Ce n'était pas sorcier! s'exclama-t-elle. Ne vous reste plus qu'à attendre l'ébullition.

— Je crois que nous devrions quand même changer d'utilisateur, déclara Annisse, car vous savez, madame Calfeutre, le nôtre parle tout le temps la bouche pleine!

— Parler la bouche pleine est très impoli, observa madame Calfeutre. Néanmoins, ce n'est pas le temps d'exiger la démission de quiconque... l'élément chauffe, voilà tout ce qui compte!

Ne restait plus qu'à suivre la recette, c'est-à-dire balancer tous les ingrédients dans l'eau bouillante. Quelques coups de cuillère à pot plus tard, les apprentis cuisiniers obtenaient une belle soupe appétissante. Enfin, c'est ce que prétendait madame Calfeutre. Quelques élèves courageux goûtèrent à petites lampées. Devant leur enthousiasme, c'est toute la classe qui entama son plat. Grand bien leur fit, car c'était tout ce qu'il y avait pour le repas du midi.

L'après-midi fut consacré à la création de biscuits santé. J'en vois déjà qui veulent faire la morale: «Aucun biscuit ne sera jamais bon pour la santé: c'est plein de gras et de sucre!» Et le rêve, qu'en faites-vous? Pour un instant, rêvons que certains biscuits peuvent être bons pour la santé! Les illusions, c'est quelquefois bon pour le moral.

Les biscuits santé de madame Calfeutre contenaient des fruits, d'où leur nom. Gio ajouta sa
touche personnelle en intégrant des graines de
tournesol à sa préparation. Annisse le regarda avec
dédain, mais n'eut pas le temps d'émettre de commentaires, car il dut laisser sa pâte de biscuit aux
framboises pour rattraper son cher monsieur
BolaBola qui se dirigeait discrètement vers le bouquet de fleurs de madame Calfeutre.

Gio profita de l'absence d'Annisse pour enfoncer
des écales de graines de tournesol dans la pâte de
biscuit aux framboises. Ensuite, il se hâta de les
cacher dans le four, et tant mieux si cela les faisait
cuire. Annisse n'avait rien remarqué. Il fut tout
d'abord étonné que son coéquipier ait eu la déli-
catesse de mettre ses biscuits au four. Cependant,
il comprit la supercherie quand il ressortit ses
« biscuits à carapace ». Il lança un regard courroucé
vers Gio qui, pour sa part, apprécia tout de suite
le potentiel guerrier de ces biscuits : une couche
extérieure dure, un profil aérodynamique et un
intérieur de framboises d'une belle couleur fuchsia,
le genre qui laisse sa trace. Il regarda la jolie chemise blanche de Miss Calamité (redevenue Félicité
pour madame Shupiwa). La tentation était forte.
Il se voyait, s'élançant tel un lanceur de baseball,
avec ce geste si plein d'emphase et de cérémonie.
Son père lui avait tout appris : Regarder la cible. Se
placer de côté. Joindre la balle et le gant près de la
bouche et faire une prière. Lever la jambe gauche.

Déplacer son poids vers l'arrière pour ensuite mieux se propulser vers l'avant et… vlan ! Le bras catapultait la balle. Dans son cas, catapulter était peut-être un peu exagéré, compte tenu du petit gabarit de Gio. Disons plutôt qu'il avait une technique assez efficace pour produire un effet certain. Il imaginait le biscuit à carapace fendant l'air en sifflant et… paf ! transformer l'impeccable chemise blanche de Miss Calamité en chemise hawaïenne. Évidemment, ses amies seraient horrifiées et la victime pleurerait un bon coup. Quel spectacle distrayant se serait ! Il souriait déjà. Cependant, il se rembrunit quand il se souvint que madame Shupiwa aimait bien cette Félicité. Jamais elle ne lui pardonnerait pareille attaque. Peut-être valait-il mieux renoncer à ce projet grandiose ou le remettre à plus tard. Il mit donc quelques-unes de ces « munitions » dans son sac-ventouse… et en resta là.

Quelques secondes plus tard, madame Calfeutre arrivait en trombe.

— Alors, on sabote les biscuits de ses petits camarades ? cria-t-elle, en gesticulant comme un ours à qui on tire la queue. Elle ne supportait pas qu'on insulte la nourriture.

— Euh, non, oui, euf, ce n'est pas exprès, c'est comme une sorte d'expérience… répondit un Gio peu convaincant.

— C'est tout ce que vous trouvez à dire ? Tout ce gaspillage et vous me bégayez des sottises ?

C'est alors que madame Shupiwa entra en scène :

— Vous savez, derrière ce langage sibyllin, se trouvent des mots d'excuse, madame.

— Sibyllin… quel joli mot ! Mademoiselle, votre niveau de vocabulaire m'impressionne[2], vous qui êtes si jeune…

— Oui, c'est parce que ma grand-mère me lit des romans jeunesse forts instructifs.

— Oh, là, voilà qui fait remonter des souvenirs d'enfance, soupira madame Calfeutre, rêveuse. Aaah, j'ai tant aimé lire… cachée avec un bouquin dans le grenier pendant des heures, alors que ma mère me cherchait pour que j'aille arracher les mauvaises herbes du jardin. J'ai tout lu ! Victor Hugo, la Comtesse de Ségur, Alexandre Dumas ! Que de cités visitées, que de paysages embrassés, que d'émois vécus du haut de cette niche ! Apprenez à lire au plus vite, ma chère petite ! Les heures passées à lire seront les plus belles de votre vie, à part celles consacrées à la cuisine, évidemment ! conclut-elle en tapotant l'épaule de la future lectrice. Sa nostalgie des beaux jours faillit lui faire oublier Gio. Elle se retourna vers le joueur de tour et lui dit : et vous, monsieur, ne recommencez plus ; la nourriture, c'est comme les livres : c'est sacré !

---

2. Qu'est-ce que je vous avais dit ? Sibyllin est un mot de vocabulaire gagnant !

Madame Calfeutre partit en soupirant, laissant Annisse sur son appétit de vengeance. Le feu lui montait aux joues. La situation s'était retournée si rapidement qu'il n'avait pu intervenir sans avoir l'air d'un pleurnichard. Madame Shupiwa, encore toute bénie de l'invitation de Félicité, avait envie de jouer à l'apôtre de l'amour infini. Les biscuits qu'elle avait confectionnés étaient encore tout chauds et parfaitement dorés. Elle en prit donc la moitié qu'elle déposa sur le plateau d'Annisse. Ce dernier la regarda d'un œil méfiant, ne sachant plus qui était son ami et qui était son ennemi. Monsieur BolaBola arriva clopin-clopant et, voyant les biscuits s'exclama :

— Mon cher frère ! Quels jolis et beaux biscuits ! Ils ont l'air si appétissants et savoureux, vous avez réalisé un chef-d'œuvre et une œuvre d'art !

— Pas vraiment. Sachez que ceux que j'ai faits ont été gâchés par monsieur Gio. Ceux-là m'ont été donnés par madame Shupi en guise de consolation, je crois. Et je ne sais qu'en faire.

— Mais il faut les manger, les croquer, la remercier et lui dire merci !

Les tomotos avaient pour caractéristiques d'être peu rancuniers et bons vivants, on s'en rend compte. Grâce à ces caractéristiques, l'équipe des Tournesols souriants évita l'éclatement. Gio trouvait que vraiment, ils avaient du bon, ces tomotos, et que madame Shupiwa avait tort de ne pas les apprécier. Il alla donc la trouver.

110

— Je voulais vous dire merci pour tout à l'heure. Sans vous, j'étais perdu.

— Bah, dans le fond, c'est madame Calfeutre qui a fait tout le travail! répondit-elle humblement.

— Oui, peut-être… comme si vous étiez sa petite-nièce! À propos de famille, je voulais vous demander si vous ne pouviez pas me «prêter» monsieur Zatan de temps à autre…

— Vous le prêter? Mais… je ne peux pas, il n'est pas à moi! répondit madame Shupiwa.

— Oui, c'est vrai. Cependant, je ne crois pas que vous l'emmènerez à la petite fête de demoiselle Félicité samedi soir? observa-t-il.

Madame Shupiwa avait oublié ce détail. Il était évident que monsieur Zatan ne pouvait assister à la fête, car il commettrait certainement des bévues.

— Vous avez raison, concéda-t-elle.

— Ainsi, il pourrait passer la soirée chez moi. Je m'en occuperais bien.

Madame Shupiwa réfléchit un instant et se dit qu'il valait mieux que monsieur Zatan parle trop chez Gio que chez Félicité. De plus, elle savait que sa mère ne lui permettrait pas de le laisser seul à la maison.

— D'accord, mais c'est bien pour vous faire plaisir! dit-elle en empruntant un ton plein de bonté.

Gio était fou de joie et madame Shupiwa soulagée d'une épine dans le pied. Voilà une journée qui finissait bien. Ne restait bientôt que le discours de fin de journée de monsieur de la Rochemande à souffrir, et hop à la maison !

Madame Calfeutre utilisa sa puissante voix pour capter l'attention du groupe. Il était temps pour chacun de ranger les ustensiles sales dans le petit lave-vaisselle situé sous la table, à droite. Elle conclut ses instructions par un long sermon sur l'importance de laisser la cuisine impeccable après y avoir travaillé. Gio et madame Shupiwa n'écoutaient que distraitement. Pas qu'ils étaient occupés à ranger. C'était plutôt le contraire : Gio avait fouillé dans le garde-manger et cela lui avait donné une idée. Il avait entrepris de faire une démonstration de chimie à madame Shupiwa.

— Regardez, ma chère, c'est très simple. Je verse le vinaigre sur le bicarbonate de soude et… voyez l'effet !

— Wappooooo ! Je veux essayer ! s'enthousiasma madame Shupiwa.

— Moi aussi ! cria Annisse, qui ne voulait jamais être en reste.

— Il ne reste pas assez de bicarbonate de soude pour vous, monsieur, lui dit calmement Gio sans même le regarder.

— Ah non ? Eh bien, nous verrons ce que nous verrons, lança un Annisse furieux, qui s'enfouit la tête dans le garde-manger afin de trouver les ingrédients nécessaires.

Quelques minutes s'écoulèrent sans que les chimistes en herbe ne soient importunés. Madame Calfeutre continuait son sermon tout en déambulant à travers les stations culinaires pour s'assurer du bon déroulement de l'activité de nettoyage. Tout à coup, elle s'arrêta de parler, puis de marcher. Elle fronça le sourcil. Renifla. Flaira une odeur suspecte.

— Je prie tous les élèves de vérifier s'il n'y a pas quelque chose en train de brûler à leur station ! Exécution ! ordonna-t-elle de sa voix tonitruante.

Les portes de four s'ouvraient, se fermaient. On inspectait les plaques chauffantes.

— Alors ? Rien ? fit madame Calfeutre, mi-inquiète, mi-fâchée. D'accord, je vais alors procéder au plan B. Silence tout le monde ! Silence ab-so-lu ! elle fit une pause, prit une grande respiration et scanda, d'un ton tranchant : « Fours, arrêt ! Plaques, arrêt ! » Elle s'assurait ainsi que tout était bel et bien en état d'arrêt, car sa voix pouvait commander simultanément toutes les cuisinières. Ensuite, elle fit un geste de la main signifiant que les élèves pouvaient reprendre leurs activités.

Monsieur Annisse ne se fit pas prier pour poursuivre ses expérimentations. N'ayant trouvé ni vinaigre, ni bicarbonate de soude, il prit de la farine et de l'huile. Ne voyant aucun résultat spectaculaire, il décida d'ajouter de la mélasse. Pendant ce temps, madame Calfeutre, plus préoccupée que jamais, flairait chaque four et chaque plaque chauffante, tel un limier.

Monsieur Annisse avait beau regarder intensément sa préparation, il ne se passait encore rien. Il ajouta donc du savon à vaisselle. Toujours rien, excepté que sa bouillie indescriptible lui collait les doigts. Rien de très grave… jusqu'à ce que son sourcil droit se mette à le démanger. Ne pouvant utiliser ses doigts, il entreprit de se gratter le sourcil sur le coin de la table.

Parlant de démangeaison, Madame Calfeutre se grattait le cou, ce qui était chez elle un signe de nervosité. Plus elle inspectait la classe, moins elle découvrait l'origine de cette satanée odeur de brûlé qui se faisait de plus en plus persistante. Finalement, elle alla s'asseoir à sa table. Elle resta immobile durant un moment, l'air soucieux. Puis elle se leva, battit des mains trois fois et dit, d'un ton solennel :

« Les amis, nous allons tous sortir de la classe calmement et dans l'ordre. »

Les enfants se précipitèrent bruyamment vers la sortie en se bousculant avec joie. Rien de plus amusant qu'une sortie à l'improviste. Les tomotos, moins agiles et surtout moins rapides, fermaient la marche accompagnés d'Annisse qui gémissait, les deux mains plaquées sur l'œil droit, après qu'un camarade l'eût heurté alors qu'il se grattait le sourcil sur le coin de la table. Madame Calfeutre referma la porte derrière elle. Elle attendit une minute. Elle se concentra et renifla. Elle plissa le front et renifla encore. Cette odeur, toujours cette odeur. Elle murmura :

« Non, je n'ai pas le choix. Aux grands maux, les grands remèdes ! »

Elle écarta de son chemin les élèves qui s'étaient amassés autour d'elle et elle se dirigea vers la porte menant à la cage d'escalier. À droite de la porte, il y avait le bouton d'alarme d'incendie et son air de sainte nitouche. L'Institutrice se plaça en face. Hésita. Renifla encore.

— On dirait que l'odeur est moins intense, tout à coup, murmura-t-elle.

— Madame, c'est vrai qu'il y a une odeur de brûlé, dit Félicité.

— Oui, oui, c'est vrai, reprirent ses copines en chœur.

Cette remarque était pour le moins insignifiante. Mais vu l'état de doute et de fébrilité dans lequel madame Calfeutre se trouvait, cela la convainquit net. Elle cassa la vitre protectrice du bouton et appuya fermement. La sirène d'alerte s'époumona avec tant de conviction que tous l'entendirent dans l'édifice. Les élèves suivirent les directives et entreprirent de descendre l'escalier. Quelques adeptes de sport extrême sautaient les marches à reculons, deux à deux, en se cassant la figure, mais juste un peu. Gio, en garçon plus raisonnable, essaya de glisser debout sur la rampe d'escalier, mais quelques petites mains d'enfants encore plus raisonnables y étaient déjà appuyées, ce qui déclencha un tollé. Félicité adressa à madame Shupiwa un joli sourire dont elle seule avait le secret, et cette dernière se mit à ricaner de joie. Bref, on rigolait ferme dans cette cage d'escalier… Sauf peut-être madame Calfeutre qui, à défaut de trouver le feu, commençait à avoir de la fumée qui lui sortait par les oreilles.

— Cela suffira! Bande de petits chenapans! Vous allez me faire deux rangées bien droites et descendre en ordre sinon je vous fais sortir par la fenêtre, qu'il y ait feu ou non! vociféra-t-elle, d'un ton des plus menaçants.

Quel dragon elle faisait quand elle s'y mettait! À vrai dire, elle se surprenait elle-même. Quoi qu'il en soit, la récré était terminée. Tous descendirent dans un silence exemplaire. À la sortie, ils furent accueillis par trois camions de pompiers et une soixantaine d'enfants et d'adultes évacués. L'institutrice replaça son chignon et alla trouver le chef pompier pour lui expliquer la situation.

Le lieutenant envoya trois hommes en éclaireurs sur chacun des trois étages. Les minutes passèrent. Un pompier revint et parlementa avec son chef. On envoya chercher madame Calfeutre pour discuter de nouveau avec elle. Son cou foisonnait de plaques rouges, tellement elle était nerveuse et se grattait. Le chef pompier mit sa main en cornet autour de sa bouche afin que le petit récepteur électronique collé sur son menton capte bien sa voix. Quelques instants après, on vit réapparaître les autres pompiers. Aucun n'avait senti la moindre odeur, à part celle des biscuits ni la moindre chaleur, à part celle du soleil. On conclut donc que c'était une fausse alerte. Madame Calfeutre ne cessait de se passer la main sur le front en murmurant : « Mais j'ai senti cette odeur, je l'ai sentie ! » Monsieur de la Rochemande lui parla tout bas en lui tapotant dans le dos et l'accompagna jusqu'à son bureau, pendant que les élèves réintégraient les lieux. Il revint tout sourire, mais d'un pas quelque peu militaire. Il s'arrêta net devant ses troupes :

— Mes chères ouailles, vous me voyez très content de la journée, à part ce petit incident qui sera bien vite oublié. Remarquez tout le chemin parcouru : ce matin, vous arriviez, ignorants de toutes les choses importantes de la vie, c'est-à-dire prêts à ouvrir la porte aux criminels et incapables de distinguer une casserole d'une passoire ! Vous voilà maintenant devant moi, conscients du danger et capables de mitonner un bon petit plat ! Je ne vous reconnais plus ! Que de pas franchis vers l'autonomie ! Je suis fier de vous ! Et pour marquer cette fierté, je vous donne chacun une carte électronique sur laquelle figure une petite somme d'argent.

Un murmure de satisfaction fit écho à cette bonne nouvelle. Les projets de dépenses allaient bon train.

— Bien sûr, poursuivit le moniteur, toujours dans le souci de vous former, j'y ai attaché un devoir pour vous ce soir. Vous devrez utiliser cet argent pour acheter des crochets que nous poserons au mur demain. Achetez de la qualité ! Nous en aurons besoin pour l'activité de rangement. Sachez bien disposer de votre pécule, sinon vous en verrez les conséquences !

Il ne savait pas si bien dire, nous le verrons plus tard. Il eût à peine le temps de souhaiter la bonne soirée aux petits qui se pressaient vers la porte. Tous parlaient de l'incident qui avait mis du piquant dans la journée. Certains disaient que madame Calfeutre avait inventé toute l'histoire pour faire l'intéressante, d'autres parlaient d'esprits maléfiques. En fait, il n'y avait que deux élèves qui connaissaient la vérité… et ces deux-là étaient dans leurs petits souliers.

15

La trottinette sauvage

Après une deuxième journée riche en émotions, madame Shupiwa aspirait à un peu de calme. Elle s'affala sur le siège du passager après le bonjour d'usage à sa mère. Elle était à se chercher une chouette activité pour la soirée quand elle fut interrompue dans ses rêvasseries.

— Monsieur Zatan m'informe que vous avez une petite tâche à accomplir ce soir, nota la reine du volant en grillant un feu rouge.

— Ah, non, maman ! J'ai besoin de repos ce soir, s'exclama la reine des grognonnes en se frottant les yeux.

— Comment, besoin de repos ? Tu te reposes déjà toute la journée ! Attends de voir ce que c'est que de travailler durement ! De devoir performer, jour après jour ! De devoir s'esquinter pour un salaire, aussi élevé soit-il ! s'exclama sa mère, indignée, tout en klaxonnant longuement un conducteur trop lent.

— Eh bien, si c'est ainsi, je n'ai vraiment pas envie de grandir, je trouve les choses assez difficiles comme ça, déclara madame Shupiwa d'une voix lasse.

— Allons, allons, ne sois pas si sombre, tu me donnes le cafard ! Voyons, ce n'est qu'une petite sortie, il n'y en aura que pour quelques minutes. En plus, voilà une occasion en or de faire une activité avec ton frère.

Madame Shupiwa allait se plaindre qu'elle l'avait vu toute la journée, son frère. Cependant, elle se ravisa, car le tomoto risquait de parler alors de son long séjour aux toilettes.

— Oh, j'oubliais de te dire, ma petite chérie : c'est madame L'Orange qui vous conduira au camp demain.

— Ah non ! Et pourquoi donc ?

— Eh bien, parce que demain, j'ai une autre grosse journée au travail. C'est le tournoi de golf annuel de la firme. Je dois partir tôt, car nous avons une session de massage et de bain de boue volcanique avant notre partie de golf. Et d'ailleurs, ce soir je dois aller chercher un nouveau maillot de bain, car après le golf, nous finirons la journée à la piscine. Bon, alors, pour conclure notre petite discussion, laisse-moi te donner un conseil : arrête de te plaindre, car la vie n'est pas un jardin de roses. Donc fais le devoir que ton charmant moniteur t'a donné, ce avec le sourire ET ton frère.

— D'accord, mais je veux y aller en trottinette électrique.

— Bien, mais tu dois me promettre d'être prudente et courtoise. Il n'y a rien de pire que les gens qui se comportent comme des barbares sur la route, affirma sa mère le plus sérieusement du monde.

Une fois le souper avalé, madame Shupiwa quitta la table en direction de la remise où logeait sa trottinette électrique. Avant de partir, il fallut écouter les recommandations d'usage émises par madame sa mère : « Je veux un comportement irréprochable sur la route ! dit-elle d'un ton pontifiant. Il faut rouler lentement, ne jamais crier des invectives aux gens, et ne jamais forcer la lumière rouge. Et interdiction totale de se faufiler entre les voitures ! »

La jeune fille, suivie de son frère, alla donc quérir sa trottinette électrique. Lorsque la porte de la remise s'ouvrit, monsieur Zatan fut ébloui : les chauds rayons orangés du soleil de fin de journée donnaient un éclat particulier au véhicule. En plus, sa couleur argentée et ses poignées rouges lui donnaient un chic fou. La trottinette brillait comme un sous neuf ; normal, car madame Shupiwa la bichonnait avec autant d'ardeur qu'un avare frotte ses sous.

— Oh, là, ma sœur aimée, que voilà un bolide impressionnant ! s'exclama monsieur Zatan.

— Vous trouvez ? répondit madame Shupiwa contente de l'effet produit.

— Tout à fait. Il a, tel la mer, des reflets d'argent... des reflets changeants, expliqua-t-il en faisant valser ses mains.

Madame Shupiwa, sensible aux compliments portant sur sa trottinette, rosit d'orgueil. Pour la première fois, elle offrit un vrai sourire à monsieur Zatan. Il ne s'en aperçut pas, trop fasciné qu'il était par le véhicule argenté.

— Des reflets d'argents, des reflets changeants, dit-elle, songeuse. C'est fou, on dirait que vous venez d'inventer une chanson, monsieur Zatan. Aller, montez, nous partons.

Monsieur Zatan enroula ses bras autour de la taille de sa sœur. Le tandem démarra en direction de la petite quincaillerie du quartier, en quête des crochets demandés par leur moniteur. Le tomoto était fort heureux de rouler sur la grande rue. Les fleurs des tilleuls qui la bordaient dégageaient un parfum suave. Madame Shupiwa roulait doucement, monsieur Zatan se laissait bercer.

Toutefois, cet état de grâce allait bientôt prendre fin, car la fillette se savait bientôt hors de portée de vue de sa mère, qui l'observait du haut de son balcon. Elle termina le virage du premier coin de rue en accélérant fortement et lâcha un «woohooo» énergique qui inquiéta monsieur Zatan. Les gros yeux marrons du pauvre tomoto s'agrandirent et il se mit à avoir le hoquet.

— Attention – hup – chère sœur – hup – il y a des voitures! Cessez – hup – de zigzaguer entre elles – hup – votre maman vous l'a interdit! – hup!

— Woohooo! répéta madame Shupiwa de plus belle.

— Je vous en prie – hup – je vous en prie! râla monsieur Zatan, dont le ton tenait plus du commandement que de la prière.

— ALLEZ, PIÉTON DU DIMANCHE, ÔTE-TOI DE MON CHEMIN! SINON JE VAIS ÉCRABOUTIR TES SALES PIEDS! hurla madame Shupiwa en frôlant un vieillard.

— Ah non, ça! Madame Shupi, vous exagérez! Écraboutir n'est pas un mot accepté par l'Académie française! Écrabouiller serait-il le mot que vous cherchiez?

— Tiens, vous n'avez plus le hoquet? Vous avez eu la frousse? Woohooo!

— Non, je crois plutôt que c'est vous qui m'avez coupé le souffle avec votre mauvais mot. A-t-on idée de parler un tel langage!

Madame Shupiwa n'écoutait plus. La douce caresse du vent sur ses joues lui plaquait un sourire niais à la figure. Et dire qu'elle devait cette joyeuse balade à monsieur de la Rochemande! Justement, elle l'avait oublié, celui-là, ainsi que son devoir. Elle tourna la tête vers la droite et vit la petite quincaillerie du quartier qui s'apprêtait à lui dire adieu. Elle s'amusait tout simplement trop : un peu plus et elle passait tout droit! Elle vira si brusquement que monsieur Zatan, qui causait toujours, flotta un moment.

— Au secours! Je vole! Je suis éjecté! beugla-t-il.

— Mais non, puisque vous êtes toujours cramponné à ma taille, minuscule poltron !

— Non, je dirais plutôt que je suis un majuscule poltron. On m'a fait ainsi, je n'y peux rien !

— Allons, exécutons vite notre tâche et levons le camp ! commanda madame Shupiwa en descendant de sa trottinette sans attendre son frère.

16

Madame Shupi fait du déni

La petite quincaillerie du quartier n'échappait pas à la philosophie de cette cité où les commerces charmaient l'œil pour mieux envoûter le client. Les tablettes d'un beau bois laqué blanc crème étaient en parfaite harmonie avec les petits rideaux à carreaux bleu ciel et le plancher de bois. On se serait cru dans une coquette maison de campagne.

— Que c'est chouette, ici! s'exclama madame Shupiwa, qui y entrait pour la première fois.

— Très mignon, en effet, acquiesça monsieur Zatan.

— Bon, ce n'est pas tout, ça! Il fait beau dehors et j'ai le goût de me promener. Demandons au commis où sont les crochets.

Ils n'eurent pas besoin de parcourir un long chemin, car le commis allait déjà à leur rencontre. L'œil affable, le sourire rassurant, la barbichette gentille, il cadrait parfaitement avec le décor.

— Bonjour monsieur, nous cherchons les crochets, lui annonça madame Shupiwa.

— Des crochets, il y en a de toutes sortes, répondit le commis de sa voix chevrotante. Il y a

des crochets métalliques, des crochets magnéti-
ques, des crochets chauffants, des crochets en
plastique transparents, des crochets…

— Oui, oui, bravo pour votre bel inventaire,
coupa madame Shupiwa. Mais pouvez-vous nous
indiquer où ils se trouvent?

— Mmm, cela dépend de ce que vous recher-
chez…

— Les moins cher, répondit catégoriquement
la jeune fille.

— Oui, mais les moins chers sont souvent
aussi les moins efficaces… quelles propriétés
recherchez-vous? demanda doucement le ven-
deur.

— Je viens de vous le dire: je recherche les
moins chers. Vous savez, ceux qui me coûteront le
moins de sous électroniques stockés sur cette
carte? fit-elle en lui montrant la carte dont on lui
avait fait «cadeau».

— Bien, suivez-moi, répondit le commis, un
peu froissé par l'attitude si peu professionnelle de
madame Shupiwa.

Il les amena dans la rangée quatre. On y trouvait
une panoplie de crochets collants. Certains pouvaient soutenir le poids d'un gros monsieur et
d'autres à peine le poids d'une cerise.

— Voilà, mes petits. Vous n'avez qu'à faire votre
choix, fit le commis.

— Merci, monsieur, répondirent le frère et la
sœur.

Madame Shupiwa parcourut les crochets des yeux. À vrai dire, elle regardait plutôt les prix. Son choix se porta sur des crochets blancs à un prix qui firent naître un sourire sur ses lèvres.

— Chère sœur, êtes-vous certaine de votre choix ? Je me souviens que notre digne professeur nous a conseillé d'acheter de la qualité, lui rappela le tomoto.

— Oui, bien sûr. Mais si je prends ceux-ci, il me restera sûrement de l'argent pour m'acheter de la gomme à mâcher aux prunes.

— Mais je suis très certain que nous avons assez d'argent pour acheter de bons crochets et votre gomme. En plus, avez-vous pensé que ce n'est pas très bon pour vos dents ?

— C'est que… je voudrais en acheter deux paquets.

— Ciel, chère sœur, vous exagérez !

— Cette gomme est notre préférée à Mademoi-selle Félicité et moi ! Je lui en apporterai à sa petite fête bandits et voleurs, expliqua-t-elle timidement. Après, c'est certain, elle ne m'appellera plus madame Chipie !

Il y eut un moment de silence pendant lequel monsieur Zatan paraissait se concentrer. Ses yeux allèrent de gauche à droite pendant un moment et puis :

— Nom d'un tomoto ! Madame Chipie, c'est vous ! Vos boucles sont naturelles, n'est-ce pas ?

— Pardon ?

Madame Shupiwa ne comprit rien à ces chimères. Elle ne s'était pas aperçue que le nom de Félicité jumelé à « bandits et voleurs » et à « Madame Chipie » avait provoqué des petites pulsions électriques dans les circuits de monsieur Zatan. Ces pulsions se dirigèrent dans la partie de sa mémoire où était emmagasinée cette conversation captée le jour-même aux toilettes du camp Selabor.

— Tout d'abord, avant qu'il y ait méprise, répondez à ma question : vos jolies frisettes sont-elles naturelles ? demanda monsieur Zatan.

— Tout ce qu'il y a de plus naturel, répondit madame Shupiwa, sans rien comprendre.

— Oh, quelle affaire… murmura mystérieusement monsieur Zatan.

— Qu'y a-t-il encore ? Et puis, depuis quand m'appelez-vous madame Chipie ? s'exclama-t-elle, comprenant de moins en moins.

— Oh, madame ma sœur… comment vous dire… gémit-il.

— Je vais vous dire, moi : vous m'énervez ! Arrêtez cette mise en scène et accouchez !

— Cette invitation que Mademoiselle Félicité vous a faite, c'est un piège ! lui révéla courageusement le tomoto.

— Bon, et quoi encore ? Elles m'ont invité pour me kidnapper ? répondit sa sœur en levant les bras au ciel.

— Je vous le jure madame Shupi, elles préparent un vilain tour. Je les ai entendues aux toilettes !

— Vous êtes non seulement poltron, mais para-noïaque en plus ! accusa-t-elle, exaspérée. Madame Félicité veut redevenir mon amie, voilà tout ! Elle a changé ces derniers jours, je le vois ! Je la connais depuis longtemps, moi ! Si elle préparait un coup, je le sentirais ! Comment pouvez-vous dire des choses pareilles alors que vous ne la connaissez que depuis deux jours, et encore, vous ne lui avez même pas parlé !

— Mais, je vous dis… insista désespérément monsieur Zatan.

— Cessez de me casser les oreilles ! Allons payer ces crochets, puis traversons la rue pour acheter mes paquets de gomme à mâcher.

Madame Shupiwa marchait d'un pas solide, avec monsieur Zatan toujours collé à ses talons. Il avait le cœur gros de voir sa chère sœur se lancer dans la gueule du loup avec une si naïve détermi-nation.

17

Monsieur Zatan s'accroche

Le lendemain matin, frère et sœur furent conduits chez madame L'Orange, qui leur ouvrit la porte avant même que leur maman eût le temps de cogner.

— Ah, les petits mignons! Je suis prête mes jolis! fit-elle en mettant sa deuxième boucle d'oreille en forme de boule de billard.

— Bien, je te les laisse, car je suis pressée: je viens d'apprendre que j'ai un petit déjeuner avant mon tournoi de golf et mon massage! Ciao! s'écria la maman de madame Shupiwa en s'éclipsant aussitôt.

Dans le grand livre des contraires, on peut trouver: le noir et le blanc, le long et le court, le chaud et le froid, ainsi que... madame L'Orange et la maman de madame Shupiwa. Par exemple, madame L'Orange, elle, avait toujours tout son temps, spécialement pour parler, pour observer les autres et même pour conduire. Sur l'autoroute, madame Shupiwa put mesurer toute la distance qui séparait cette femme de sa mère. Au volant, sa mère donnait l'impression d'être assise sur un hérisson, alors que madame L'Orange avait l'air de se prélasser dans un bain moussant.

— Alooors, mes amis, on se plaît à ce camp? ronronna-t-elle en conduisant d'une main et en ajustant sa boucle d'oreille de l'autre. C'est toujours agréable de rencontrer de nouveaux amis pendant l'été, n'est-ce pas? Bon, qu'y a-t-il encore? protesta-t-elle mollement, pourquoi klaxonne-t-il, celui-là? Il paraît que vous apprenez beaucoup de choses pratiques? Oh, le voilà qui essaie de me dépasser, eh bien, qu'il me dépasse, je vais même ralentir pour lui simplifier la tâche, ooooh, là, que les gens sont nerveux! Quand on va trop vite, on manque tout du paysage… tiens, justement, voilà un Glacinori là-bas! Ça vous dit, un cornet de glace à trois boules?

Madame Shupiwa n'en croyait pas ses oreilles. Madame L'Orange avait beau lui taper sur les nerfs avec cette habitude de parler sans arrêt pour ne rien dire, il n'en demeurait pas moins qu'elle était vachement sympathique, là, tout de suite!

— Çà! Oui, oui, madame L'Orange! s'exclama la jeune passagère.

— Mais chère sœur, je vous signale que nous pourrions arriver en retard. En fait, il faudrait peut-être même accélérer un peu… s'inquiéta monsieur Zatan.

— Vous ne mangez même pas de crème glacée, sale tomo, alors, ne vous mêlez pas de la conversation! lui lança froidement madame Shupiwa.

Madame L'Orange fit mine de n'avoir rien entendu. Les querelles entre frères et sœurs la rendaient mal à l'aise et elle préféra plutôt faire diversion. Elle se tourna vers l'arrière et regarda longuement monsieur Zatan. Normalement, ce genre de position conduit à un accident fatal sur l'autoroute… mais puisque les autos s'étaient agglutinées à cause du lourd trafic, il n'y avait au-cun dan-ger.

— Vous savez, il y aura sûrement un carré de sucre pour vous, monsieur… madame L'Orange hésita, victime d'un trou de mémoire.

— Monsieur Zatan, compléta le « sale tomo ».

— Oui, oui, monsieur Zatan. Vous m'excuserez, c'est tout nouveau pour moi, un petit frère pour madame Shupi… fit elle, un peu mal à l'aise.

— Bien sûr, très chère dame. Écoutez, si ma chère sœur tient à manger de la crème glacée, ne la vexons pas! déclara sagement monsieur Zatan.

— Vous êtes très chou, monsieur Zatan. Vraiment, elle a de la chance, votre sœur, affirma madame L'Orange d'un ton très convaincu.

La journée commençait extraordinairement bien! Cet arrêt au Glacinori avait des airs d'escapade à la plage: le soleil, la brise chaude sur la terrasse, la glace qui fond sur le cornet, les mouettes qui rôdent autour, tout y était. Mais toute bonne chose a une fin et il fallait se rendre au camp Selabor et évidemment y entrer… en retard.

Madame Shupiwa et son tomoto durent se faufiler en douce. Monsieur de la Rochemande fit semblant de ne rien remarquer. Par contre, madame Shupiwa, elle, remarqua l'œil au beurre noir d'Annisse. Son œil droit était en effet agrémenté de jolies couleurs variant du bleu foncé au violet pâle, conséquence, on s'en souvient, de son accident de la veille sur le coin de la table.

— Bonjour. Vous allez bien monsieur Annisse ? s'informa monsieur Zatan.

— Oui, répondit Annisse en baissant la tête pour cacher son œil.

— Qu'avez-vous à l'œil droit ? Ouf, quelle blessure… spectaculaire ! s'exclama madame Shupiwa.

— Sachez madame Shupi que je me suis battu ! Oui ! affirma-t-il passionnément en relevant la tête.

— Battu ? fit madame Shupiwa en levant les sourcils.

— Deux voyous ! Ils ont menacé monsieur BolaBola et je l'ai défendu. Ça été une bagarre terrible ! J'ai tout de même gagné, ils gisaient par terre quand je les ai quittés. Pas vrai, monsieur BolaBola ? dit le faux héros dont le torse se gonflait à mesure qu'il inventait son histoire.

— Tout à fait, tout à fait ! C'est exactement véridiquement vrai ! répondit son valeureux complice.

Annisse accueillit l'arrivée de monsieur de la Rochemande avec joie. Ce dernier avait plutôt mauvaise mine, mais il s'efforça de sourire aux enfants. Monsieur Zatan regardait sa sœur avec une pointe d'agacement, car elle mâchait avec ardeur sa gomme aux prunes et ne semblait toujours pas soucieuse de la piètre qualité des crochets qu'elle allait présenter.

— Bonjour vous tous. Alors, vous avez vos crochets? demanda monsieur de la Rochemande en grimaçant.

Annisse, rapide comme l'éclair, sortit dix énormes crochets de son sac. Il n'était pas peu fier de voir les mâchoires de ses coéquipiers se décrocher d'étonnement.

— Eh bien, voilà qui est impressionnant, dit monsieur de la Rochemande, en manipulant les crochets de métal super collants. Mais vous avez dû dépasser votre budget! remarqua-t-il.

— Mon père est un inventeur spécialisé dans le domaine du crochet, expliqua Annisse en se raclant la gorge.

— Je vois… eh bien, bravo pour la qualité! Et il y en a amplement pour tous! Trois hourras pour l'équipe des Tournesols souriants!

Les mauvais crochets de plastique de la mâcheuse de gomme aux prunes restèrent donc dans son sac-ventouse. Monsieur de la Rochemande invita les membres de l'équipe à aller fixer les crochets au mur sous leur emblème. Tous se dirigèrent vers le mur, à part monsieur Zatan qui prit la direction de l'équipe dont mademoiselle Félicité faisait partie, les Roses charmantes. La demoiselle était occupée à montrer les jolis crochets en forme de fleur qu'elle avait dégotés dans une boutique de décoration. Les exclamations fusaient de toutes parts ; elle avait encore réussi à en mettre plein la vue à ses copines. Monsieur Zatan se fraya un chemin jusqu'à Mademoiselle. Il n'avait qu'une idée en tête : l'affronter à propos de la conversation qu'il avait entendue dans la salle des toilettes. De cette façon, il croyait pouvoir sauver sa sœur.

— VOUS ! lui lança-t-il, comme s'il lançait un dard.

Le cercle des jeunes filles s'ouvrit sur monsieur Zatan. Il pointait la gracile blondinette avec son gros doigt maladroit. Félicité était stupéfaite. Il poursuivit :

— Vous êtres une vipère ! Une sorcière ! Une cruelle amie qui profite de la naïveté de ma chère sœur ! J'étais dans les toilettes hier matin, et j'ai tout entendu !

Monsieur Zatan ne put poursuivre, car mademoiselle Félicité éclata en sanglots. Était-ce à cause des insultes ou parce qu'elle avait compris qu'elle allait être démasquée ? Quoi qu'il en soit, l'opération « sauvetage de madame Shupiwa » tourna en queue de poisson. Pendant que deux coéquipières consolaient Mademoiselle, une troisième raccompagna le tomoto à son équipe.

— Madame Shupi, votre locataire a chagriné la pauvre mademoiselle Félicité, expliqua froidement l'envoyée.

— Oh, mais pourquoi? demanda madame Shupiwa en brunissant, oui, car elle était à la fois rouge de surprise et verte de honte.

— Nous ne le savons pas. Il s'est lancé sur elle et l'a immédiatement insultée. Elle est en sanglots.

— Quel idiot! Je dois aller la consoler! s'exclama madame Shupiwa en faisant un pas.

— Il vaudrait mieux que vous restiez ici, lui intima l'envoyée.

— Alors dites-lui que je m'excuse pour le comportement de monsieur Zatan. Informez-la que je serai présente à sa petite fête demain.

— Elle sera enchantée, répondit l'émissaire, tout sourire.

Une fois la jeune fille partie, madame Shupiwa se retourna lentement vers son frère et enfonça, tel un sabre, un regard furieux dans les grands yeux d'épagneul de son frère. Ce fut tout. Elle ne lui adressa plus la parole. Il avait perdu et mademoiselle Félicité avait gagné, comme elle gagnait toujours.

Voilà, c'était officiel, madame Shupiwa irait à cette fameuse soirée bandits et voleurs. Elle avait tellement hâte qu'elle ne savait pas comment elle tiendrait jusque-là. Pour passer le temps, elle songea à élaborer son costume. Il devait être parfait. Elle emprunterait un pistolet en plastique qui avait l'air plus vrai que vrai. Elle savait que sa mère en cachait un dans son armoire pour impressionner quelque voleur qui tenterait une entrée chez elles. Ensuite, il lui fallait se salir le visage : un peu de terre ferait l'affaire. Elle se maquillerait les yeux de noir pour faire plus diabolique. Tout de noir, oui, elle s'habillerait tout de noir. Si la saison n'avait pas été si chaude, elle aurait même enfilé une cagoule. Vraiment, cette soirée allait être mémorable.

Pendant que madame Shupiwa jouissait déjà de la soirée du lendemain, le reste de l'équipe s'employait à coller les crochets au mur. Annisse rayonnait de bonheur devant l'admiration de ses camarades. Son père lui avait enseigné que les crochets adhéraient grâce à des milliards de cils pleins d'électricité statique. Gio semblait particulièrement intéressé. Il testait les crochets en tentant de les arracher du mur. Rien n'y faisait. Mais il n'était pas très fort, et son test n'était donc pas très fiable. Il eut une idée : il fit monter monsieur BolaBola sur ses épaules et lui demanda de fixer un crochet le plus haut possible sur le mur. Ensuite, il le pria de s'y suspendre. Gio approcha une table, monta dessus et s'agrippa à son tour à monsieur BolaBola. Il demanda ensuite à Annisse de monter sur une chaise et de s'agripper à lui. Annisse hésita, car il avait peur que son crochet ne tienne pas le coup. Il prit son courage à deux mains, et passa ses bras autour de la taille de Gio… en fermant les yeux et en retenant son souffle. Contre toute attente, le crochet supporta le poids des trois expérimentateurs. Bien sûr, ils avaient l'air un peu ridicule, suspendus ainsi les uns après les autres comme des saucissons, mais c'était un sacrifice nécessaire pour l'avancement de la science. Après plusieurs minutes, le crochet tenait toujours! Annisse était fier comme un paon. Il allait demander l'ajournement de la réunion, quand tout à coup, on entendit une sonnerie qui semblait venir du plafond. On regarda donc vers le haut.

— Ma parole, messieurs, le crochet sonne, le crochet sonne! s'exclama monsieur BolaBola.

— Vous êtes ridicule, dit Gio.

— Non pas, non pas! Il sonne, il sonne! répéta (deux fois plutôt qu'une) monsieur BolaBola.

Gio soupira en hochant la tête et en pensant que le concepteur de monsieur BolaBola était probablement ivre quand il l'avait programmé.

— Regardez au bas du crochet, voyez-vous un petit bouton rouge? lui demanda Annisse.

— Ma foi, ma parole, oui, oui! répondit le tomoto avec enthousiasme.

— Appuyez dessus! ordonna Annisse.

Le tomoto fit comme on lui commanda. Un léger grésillement se fit entendre.

— Allô? Allô? Il y avait répétition, et pourtant ce n'était pas monsieur BolaBola. Il s'agissait plutôt d'une grosse voix d'homme bourru.

— Allô papa! cria Annisse, toujours accroché à la ceinture de Gio.

— C'est toi, fiston? Alors c'est toi qui as pris mes crochets-téléphone?

— J'en avais besoin pour le camp, papa, expliqua Annisse d'une voix hésitante.

— Petit galopin! Tu voulais épater les copains, n'est-ce pas? Ha! Ha! Va, j'étais pareil à ton âge. Alors, les copains sont épatés au moins? Ils sont solides, ces crochets, n'est-ce pas?

— Oui, oui, répondit timidement Annisse. Il avait visiblement hâte que la conversation finisse.

— Bon, mon petit cochonnet, on se revoit ce soir!

— À ce soir, termina rapidement le cochonnet, heureux d'en finir, mais c'était sans compter l'intervention de Gio, de plus en plus émerveillé par ces crochets si surprenants.

— Monsieur! s'exclama Gio, les yeux pleins d'étoiles.

— Oui? Qui parle?

— C'est Gio, monsieur.

— Gio? Un ami de mon petit Annisse?

— Euh, disons, oui, en quelque sorte. Je veux savoir à quoi servent ces crochets-téléphone à haute performance?

— Ah, tiens, ça, je n'y avais pas encore pensé. Oui, en effet, il faudrait bien leur trouver une utilité. J'inscris ça tout de suite sur ma liste de choses à faire. Oui, il faut leur trouver une utilité à ceux-là. Je dois vous quitter maintenant, j'ai un tas de boulot à abattre. Salut les tout petits! lança le père d'Annisse en raccrochant sans attendre de réponse.

Après ce qu'ils venaient de voir et d'entendre, les coéquipiers d'Annisse ne songeaient même plus à revenir sur le sol. Ainsi, lorsque monsieur de la Rochemande arriva, il vit une colonne de trois pitres suspendus à un crochet.

— Qu'est-ce que ce cirque ? Ces crochets n'ont pas été demandés pour qu'on y fasse des numéros d'acrobates !

À cette judicieuse remarque, les trois cascadeurs lâchèrent tous prise en même temps. Ils s'effondrèrent sur le sol comme des poupées de chiffon… mais ils se redressèrent aussitôt, droits comme des soldats.

— Voilà qui est mieux. Vous pouvez me dire ce que vous fabriquiez ? Oh, et puis non, j'aime mieux ne pas savoir. Voici, je vous ai apporté quatre tabliers de cuisiniers identifiés à vos noms. Vous allez donc chacun les accrocher.

Voyant cela, Annisse se disait qu'il valait mieux que son père ne sache jamais à quoi serviraient ses crochets technologiques à haute performance.

— Après avoir placé vos tabliers, vous passerez dans la grande salle où se déroulera l'atelier «Comment ranger sa chambre en dix minutes sans tout larguer dans le placard».

Pourquoi relater de déroulement de cet atelier quand nous savons que notre lecteur est un expert en rangement de chambre ? Disons seulement que madame Shupiwa n'attendait que le retour à la maison. Ensuite, viendrait enfin la nuit, puis enfin le lendemain, puis enfin la soirée du lendemain qui serait l'une des plus belles soirées de sa vie, elle en était certaine !

18

Une soirée chez Mlle Félicité

Madame Shupiwa attendit et attendit tellement que finalement... la soirée de samedi arriva! Comme toutes les soirées, celle-là se pointa discrètement juste après le souper. Elle était portée par un vent d'été chaud, moelleux et plein de promesses, ce qui achevait d'engourdir et de griser la jeune fille. Madame Shupiwa avait dit à sa maman qu'elle irait à la fête avec monsieur Zatan et son nouvel ami Gio. Oui, c'était une légère entorse à la réalité, mais le péché était bien petit en comparaison du gros conflit qu'il évitait[1]. Ce dossier réglé, elle pouvait enfin manœuvrer à sa guise et finalisait les préparatifs.

— Maman, n'oublie pas que j'ai besoin de ton pistolet de plastique, lui rappela-t-elle pour la quatrième fois.

— Oui, bien sûr ma poussine. Viens avec moi.

Madame Shupiwa obéit, suivie de monsieur Zatan. Ils furent conduits dans une pièce immense

---

1. Voilà une belle leçon de diplomatie.

que leur mère appelait son placard. Disons que ça avait plutôt l'air d'un étalage de magasin. Le rayon des robes jouxtait celui des vestons qui se trouvait devant celui des pantalons. Un mur était consacré aux souliers. On en trouvait pour chaque occasion : de la sandale de plage à l'escarpin raffiné, allant du blanc noce au blanc baptême, du noir gala au noir funérailles, sans compter tous les tons de rose, de bleu et de rouge.

— Où ai-je donc mis ce faux pistolet ? Si mes souvenirs sont exacts, il devrait être caché ici, marmonna la maman en allongeant le bras parmi ses vestons.

— Aaaaargh ! cria monsieur Zatan horrifié, un monstre, une sale bête ! Fuyons ! Et il sortit de la chambre en clopinant au galop.

Mère et fille furent prises d'un fou rire. Comme madame Shupiwa, monsieur Zatan avait été berné par le veston Jungle-réalité. La peur avait donné des ailes au tomoto ; lui qui d'ordinaire se déplaçait si lentement, avait eu le temps de disparaître avant que ces dames l'eurent rejoint. Elle l'appelèrent :

— Où êtes-vous caché, monsieur Zatan ?

— Je ne suis pas caché ! Je suis à l'abri, ici, sous le lavabo.

— Eh bien, sortez de votre abri, car ce lézard ne vous fera pas grand mal…

— Il faut contacter les exterminateurs, interrompit monsieur Zatan.

— Des exterminateurs de veston? Cela existe? Allons, monsieur le tomo, venez voir le lézard sur mon veston Jungle-réalité!

La curiosité l'emporta sur la peur et fit sortir monsieur Zatan de sa tanière. Lorsqu'il vit ce vêtement technologique, il ouvrit tout grand les yeux d'admiration.

— Regardez-moi ça! Ce n'est pas un veston, c'est une œuvre d'art! s'exclama monsieur Zatan.

— J'en suis très contente, en effet, s'enorgueillit sa maman. Il a l'air vrai, ce lézard, n'est-ce pas?

— Oh, comme je voudrais le montrer à monsieur Gio… vous me laissez l'apporter? demanda le tomoto.

— Mmm, peut-être vaudrait-il mieux que Gio le voit lorsqu'il viendra ici. Ce veston m'est très cher et si jamais il lui arrivait malheur…

— Ah, bon, je comprends, soupira lourdement monsieur Zatan en baissant lentement les yeux et en arrondissant le dos.

Dès qu'il éprouvait une déception, monsieur Zatan était programmé pour réagir de la sorte. Son créateur avait d'ailleurs baptisé ce programme « chaton sous la pluie », car il provoquait le même « Ooooh! Pauvre chou! » que la vue d'un chaton détrempé par la pluie miaulant sur le pas de la porte.

— Ooooh! Pauvre chou! soupira sa maman adoptive. Bon, c'est d'accord, fit-elle en secouant rapidement les mains comme si le risque qu'elle prenait lui brûlait les doigts, apportez-le ce veston, mais faites-y attention !

— Chic ! Vous êtes la maman la plus généreuse au monde ! s'exclama monsieur Zatan en s'emparant de l'objet de convoitise.

L'heure du départ approchait. Le trio retourna dans la chambre pour aller chercher le faux pistolet. Madame Shupiwa le déposa dans son sac-ventouse avec le reste de son déguisement.

Pendant ce temps, on ne chômait pas chez mademoiselle Félicité. Sa chambre, située au deuxième étage d'une très grande maison, avait l'air d'un quartier général de l'armée. L'équipe des Roses charmantes s'y trouvait réunie. Dorothée, une petite boulotte aux grands yeux bleus, était affectée au poste d'observation, c'est-à-dire à la fenêtre donnant sur la rue. Elle devait avertir le reste de la bande de l'arrivée de leur victime. Mademoiselle Félicité s'était proclamée réalisatrice du film. Elle était donc assise à l'ordinateur, prête à choisir les meilleures prises de vue que lui fourniraient les multiples et minuscules caméras placées aux endroits stratégiques. Julie, une maigrelette au visage ingrat, s'apprêtait à attacher Lourdeau, son doberman, à la clôture près de la porte. Lourdeau servirait de comité d'accueil à leur invitée. Son pelage noir et ses crocs brillants le faisaient paraître encore plus méchant quand il grognait… et il grognait souvent, puisqu'il était toujours de mauvais poil. Jasmine, une très grande fille aux cheveux bruns, cette même girafe que monsieur Zatan avait entendue dans les cabinets de toilette, s'occupait de mettre un fil transparent au travers du passage menant au salon. De l'autre côté du fil, un seau d'eau sale attendait l'invitée. Mademoiselle Félicité avait pris grand soin de garder l'eau que la femme de ménage avait utilisée pour laver les planchers et les toilettes.

— Il faudrait bien que j'aille placer le filet au plafond, afin qu'il tombe sur madame Shupi, pensa tout haut Jasmine.

— Comment, madame Jasmine! Cela n'est pas encore fait? gronda mademoiselle Félicité. Mais elle arrive bientôt!

—- Et vous, allez-vous appeler les policiers? questionna Jasmine.

— Vous savez que cette idée est idiote. Les policiers découvriraient le pot aux roses rapidement et nous serions accusées de… de… bien… de plein de mauvaises intentions! lui répondit la grande patronne.

— C'est dommage, car cela donnait du piquant à la finale du film…

— Vous croyez que j'ai complètement abandonné l'idée? répondit la blondinette avec un sourire rusé. Mon cousin et ses amis ont trouvé des déguisements de policiers, tout ce qu'il me reste à espérer, c'est qu'ils aient des talents d'acteurs.

— Mademoiselle Félicité, vous êtes géniale, comme toujours! gazouilla Julie.

Mademoiselle avait encore beaucoup de temps devant elle, car au même moment, Madame Shupiwa arrivait à peine chez Gio. Elle était accompagnée de monsieur Zatan, encore tout crispé d'un autre pénible rodéo sur la trottinette. Gio habitait une maison fort modeste, mais jolie. Elle faisait partie d'un lot de maisons en rangée aux briques rouges. Comme peu d'arbres rafraîchissaient le quartier, il y régnait une chaleur étouffante. Madame Shupiwa sonna à la porte. Un grand gaillard au corps d'athlète vint lui ouvrir.

— Tiens, tiens, vous êtes madame Shupi, n'est-ce pas? dit-il d'une voix puissante.

— Parfaitement. Vous êtes le père de Gio, n'est-ce pas?

— Parfaitement. Votre déguisement de raton-laveur est réussi, la félicita-t-il.

— Je suis déguisée en voleuse, lui répondit-elle, vexée.

— Oui, c'est ce que je voulais dire, s'empressa-t-il de corriger.

— Eh bien voilà, je viens déposer monsieur Zatan, tel que convenu.

— Très bien. Gio arrive dans un moment. Ne revenez pas trop tard, il a un examen de karaté demain matin.

— Oui, m'sieur, ne vous inquiétez pas, m'sieur, assura docilement madame Shupiwa.

Monsieur Zatan croyait avoir mal compris. Aussitôt seul avec sa sœur, il lui demanda des précisions.

— Chère sœur, pourquoi dites-vous venir me porter ici, alors que nous allons tous trois à cette fête ?

— Eh bien, les plans ont changé. Vous restez ici avec monsieur Gio, et je reviendrai vous chercher plus tard, voilà tout, lui répondit-elle en le regardant de côté.

— Ah, bon, je vois, soupira très lourdement monsieur Zatan, en baissant lentement les yeux et en arrondissant le dos.

— Tant mieux, fit madame Shupiwa, totalement imperméable à la tactique « chaton sous la pluie »

L'arrivée de Gio, radieux, mit un terme à la tristesse de monsieur Zatan. Madame Shupiwa fut invitée à entrer, mais elle déclina poliment. Elle n'avait qu'une envie : rouler à toute vitesse pour sentir le vent dans ses cheveux. C'est ainsi qu'une petite fille aux cheveux infiniment bouclés, le cœur impatient et l'esprit joyeux, parcourut les rues de la ville en semant des « woohooo ! » à tout vent !

Puisqu'elle était invitée à huit heures, madame Shupiwa prit soin d'arriver à huit heures trente, car les gens chics se font toujours attendre. Elle roula jusqu'à la porte d'entrée comme elle l'avait toujours fait par le passé. Soudain, Lourdeau, le gros chien noir, s'élança vers elle en grognant et bavant comme un enragé. Elle cria d'effroi. Son cœur voulut lui sortir par la bouche, mais resta pris dans sa gorge. Paralysée par la peur, elle ne put même pas descendre de sa trottinette. Éperdu de colère, le chien fut retenu par sa laisse, à une dent de la mordre. La fillette tremblait de tous ses membres. Elle crut pendant quelques secondes qu'elle s'était trompée d'adresse, car mademoiselle Félicité n'avait jamais eu de chien. « Il est vrai que je ne suis pas venue ici depuis longtemps, peut-être ont-ils maintenant peur des cambrioleurs ? » se dit-elle.

Au même moment, la troupe de mademoiselle Félicité se tordait de rire. La caméra numéro un avait tout capté. Il y avait longtemps que madame Shupiwa avait eu si peur, et que Félicité avait tant ri. Quand elle eut retrouvé ses esprits, la victime se résolut à courir vers l'entrée pour échapper à ce chien fou furieux. Elle ouvrit la porte rapidement et, à sa grande surprise, trouva le vestibule vide et sombre. L'angoisse la saisit au ventre : était-elle, malgré toutes ses précautions, la première arrivée ? Quelle honte ! Elle songea un moment à partir pour revenir plus tard, mais la perspective de faire de nouveau face au chien ne lui souriait guère. Elle décida donc de pénétrer dans le salon après avoir sommairement remodelé sa coiffure. Elle ouvrit la porte qui conduisait à la salle de séjour et trouva, une fois de plus, l'endroit calme et plutôt mal éclairé. « Bien sûr, mademoiselle Félicité aura voulu créer une ambiance de mystère », raisonna-t-elle. Elle appela, mais personne ne répondit. Un courant d'air qui passait par-là fit claquer une porte si fort que madame Shupiwa poussa un cri de terreur que l'épais silence eut vite fait d'avaler. Après avoir retrouvé une fréquence cardiaque normale, elle décida de se diriger vers le salon. Après quelques pas, elle prêta l'oreille. La pénombre enveloppait les lieux comme une couverture oppressante. Elle eut un frisson. La maison semblait si vide. Elle révisait mentalement la date, l'heure, le lieu où devait se tenir l'événement. Oui, c'était bien la bonne date, la bonne heure, le bon endroit. Peut-être allait-elle voir ses amies surgir de nulle part en criant l'amical « surprise ! » digne des grandes fêtes ? Mais il n'en fut rien. Elle continua sa marche et buta contre une petite boîte qui se renversa. Dans la pénombre, elle ne distinguait presque rien. Elle aperçut cependant un mouvement par terre. Elle se pencha et vit une trentaine d'araignées noires aux pattes velues fourmiller autour d'elle. Elle essaya de garder son calme, mais lorsqu'elle sentit un chatouillement sur sa jambe, elle hurla d'effroi. Elle balaya sa cuisse avec sa main en sanglotant de peur. L'araignée fut projetée sur le sol et s'enfuit sans demander son reste.

Notre amie retourna vite dans le portique : « Quelle affaire ! gémit-elle. J'espère que mademoiselle Félicité ne sera pas froissée. Elle avait sûrement placé cette boîte et ces araignées pour un petit jeu et moi, j'ai tout gâché ! Il fait trop noir ici, je vais éclairer ». Elle parcourut le mur de sa main à la recherche d'un interrupteur. Au lieu du bouton espéré, ses doigts entrèrent en contact avec une peau rugueuse qui enveloppait un corps mou. Celui-ci se tordit au contact des doigts de madame Shupiwa. La petite bestiole tomba par terre et décampa en vitesse. Saisie de terreur et claquant un peu des dents, la fillette se trouvait bien malchanceuse. Elle se dit qu'il faudrait qu'elle avertisse mademoiselle Félicité que son nouvel animal de compagnie s'était évadé de son vivarium.

Une fois la lumière du portique allumée, madame Shupiwa regagna confiance et décida d'aller s'asseoir dans le petit boudoir. C'est elle qui allait lancer l'amical « Suprise ! » à ses amies. La pauvre, elle ne savait pas qu'un cadavre l'attendait. Grâce à un mécanisme de petites cordes savamment déployées, il lui tomberait dessus dès qu'elle passerait dans la pièce. Bon, d'accord, c'était un faux cadavre plein de faux sang. Néanmoins, Madame Shupiwa allait avoir la peur de sa vie et faire des cauchemars pour le reste de ces jours. En se dirigeant lentement vers la pièce, la candide jeune fille se demandait ce qui pouvait bien retenir ses amies. Leur était-il arrivé malheur ?

Elle en était là, perdue dans ses pensées, quand tout à coup elle entendit des cris hystériques puis des pas de course au deuxième étage. Son souffle s'arrêta. C'est alors que toute la bande des Roses charmantes dévala l'escalier devant elle. Elles étaient tellement affolées qu'elles semblaient à peine s'apercevoir de sa présence. Elles caquetaient toutes en même temps.

— Quelle horreur, quelle horreur! se plaignit Julie.

— Comment cette chose a-t-elle pu arriver jusque-là! se demanda Jasmine.

— Je ne retourne plus en haut, jamais… cria Félicité.

— Qui nous dit qu'il n'y a pas toute une colonie cachée quelque part? frémit Dorothee.

C'est alors qu'on entendit le chien grogner. Sans doute reprenait-il son petit numéro «attention, chien méchant» pour de nouveaux arrivants. En effet, la porte s'ouvrit:

— Tel est pris qui croyait prendre! Et j'ai tout sur ma caméra!

C'était Gio qui venait de faire son entrée en filmant les jeunes filles avec un dé à coudre-caméra qu'il pointait en leur direction.

— Voilà qui est bien dit, approuva monsieur Zatan.

Madame Shupiwa n'en revenait pas. Qu'est-ce que tout cela signifiait? De quoi parlaient-ils donc tous?

— Que faites-vous ici, espèces de ploucs? Je ne me souviens pas de vous avoir invités, s'exclama mademoiselle Félicité avec dédain.

— Monsieur Zatan m'a montré quelque chose de vraiment wappoo et je lui ai dit, tiens, allons donc le montrer à nos chères amies les Roses charmantes, répliqua-t-il en tapotant le dos du tomoto. Celui-ci montra alors le veston Jungle-réalité aux demoiselles. Elles reculèrent toutes, mais s'aperçurent vite de la nature électronique du lézard. Elles réprimèrent un élan d'admiration, pour mieux s'offusquer du mauvais tour qu'on leur avait joué.

— Vous n'avez rien d'autre à faire que d'effaroucher des jeunes filles ? demanda mademoiselle Félicité, irritée.

Madame Shupiwa comprit alors que ces messieurs avaient trouvé le moyen d'afficher le veston de sa mère dans l'une des fenêtres de la chambre de mademoiselle Félicité. C'était peut-être une bonne plaisanterie, mais elle avait été faite au mauvais endroit et au mauvais moment. Il était temps de réagir, car la reconquête de son amie était en train de tourner au vinaigre.

— J'espère que vous allez maintenant vous excuser, messieurs… ne voyez-vous pas que vous avez terrorisé mes amies ? fit madame Shupiwa en tentant de réparer les pots cassés.

— Vous appelez ces jeunes vipères vos amies ? répondit Gio d'un air goguenard, en tournant autour d'elles avec sa caméra. Monsieur Zatan m'a parlé des projets qu'elles avaient pour vous. J'ai décidé que nous irions voir de quoi elles étaient capables…

— Ma très chère sœur, vous êtes aveuglée par votre amitié, écoutez-moi pour une fois ! implora monsieur Zatan.

— Sortez tous les deux! cria madame Shupiwa pendant que Gio continuait à filmer.

— Mais elles vous tendaient un piège! insista monsieur Zatan.

— Vous êtes soit fou, soit menteur, monsieur Zatan, fit mademoiselle Félicité, l'air peiné. Pourquoi me harcelez-vous alors que je ne vous ai rien fait?

Madame Shupiwa blêmit de rage et foudroya son tomoto du regard. Encore une fois, Félicité gagnait un match. Monsieur Zatan se sentait comme un joueur d'une ligue de gamins affrontant un premier compteur de la Ligue nationale. Il allait se déclarer vaincu quand tout à coup on entendit un bruit. C'était Gio qui, reculant pour avoir une meilleure prise de vue, avait trébuché dans la corde invisible et était tombé dans le seau d'eau sale. Il était maintenant trempé et sale, mais heureux d'avoir trouvé une preuve contre ces harpies.

— Et ça? dit Gio en pinçant le fil sur lequel il avait trébuché, c'est une araignée qui l'a tissé?

— Ça, comme vous l'appelez, c'était pour un jeu, répondit Félicité du tac au tac.

Il n'y a pas à dire, elle était vraiment un compteur étoile, et faisait mouche à tout coup! «Mais je ne crois pas que nous jouerons ce soir, car vous avez tout gâché» ajouta-t-elle d'un ton méprisant. Madame Shupiwa était dans tous ses états. Cet événement qu'elle attendait depuis si longtemps finissait en queue de poisson à cause de ces deux abrutis. Heureusement qu'il lui restait une once de dignité, sinon elle se serait jetée aux pieds de son amie pour l'implorer de poursuivre la soirée malgré tout. Elle se contenta de dire au revoir et sortit, rapide comme une flèche, suivie de loin par les deux abrutis. Elle était si amère qu'elle avait oublié le chien enragé qui remplissait son rôle de cerbère avec zèle. Il bondit vers elle en hurlant. Cependant, cette fois-ci, elle n'était pas dans les mêmes dispositions qu'à leur première rencontre… elle le darda du regard en gueulant un « À la niche, sale cabot! » qui aurait fait plier un général. Le cabot en question comprit vite que le moment était mal choisi pour jouer au vilain chien-chien. Il battit rapidement en retraite, la queue entre les jambes. Un peu surprise, mais satisfaite de l'effet, madame Shupiwa monta sur sa trottinette et avala une grande bouffée d'air humide. Elle se donna un élan qui la fit rouler jusqu'à la rue. Elle s'apprêtait à enclencher le moteur quand elle se souvint soudain qu'elle avait oublié d'offrir le fameux paquet de gomme à mâcher aux prunes à Mademoiselle Félicité. Cette découverte la fit sourire, car elle lui donnait l'occasion de finir la soirée sur une bien meilleure note. Elle revint sur ses pas et croisa le duo monsieur Zatan-Gio en l'ignorant souverainement. Lorsqu'elle arriva à l'entrée, le chien ne se manifesta pas et n'osa même pas émettre le moindre grognement, de peur de subir de sauvages représailles. Pour sauver son honneur, il fit semblant de dormir. De toute manière, madame Shupiwa l'avait déjà oublié, toute captivée qu'elle était par sa mission. Évidemment, puisqu'ils étaient des abrutis, Gio et monsieur Zatan n'avaient pas pris la peine de refermer la porte. Madame Shupiwa arriva donc sans faire de bruit dans le vestibule. Elle s'arrêta un moment pour fouiller dans sa poche afin de trouver le précieux cadeau destiné à sa très précieuse amie. C'est alors que, prêtant l'oreille, elle attrapa au vol la discussion du groupe de fillettes assises dans le salon.

— Toutes ces émotions m'ont creusé l'appétit, dit Dorothée. Et si nous grignotions des frites minceur ? suggéra-t-elle.

— Comme vous voulez, ma chère. Allez vous-même vous servir à la distributrice… vous connaissez le chemin. Moi, je suis exténuée par cette soirée, je n'ai plus d'énergie ! se lamenta mademoiselle Félicité, une main sur le front.

— Pauvre vous, la déception doit être grande ; tant de travail pour un résultat si désolant, lui répondit Jasmine.

Madame Shupiwa se frottait les mains de joie, car elle avait en sa possession la fameuse gomme aux prunes qui allait redonner le goût de vivre à son amie.

— Oui, ma déception est grande ! Comme si je méritais que ces trouble-fête viennent tout gâcher, s'exclama Félicité avec la voix ton de bébé boudeur.

— Consolez-vous en vous disant que vous avez quand même réussi à nous impressionner, mademoiselle Félicité! Vous avez contré toutes les attaques de ce monsieur Zatan, complimenta Julie.

— Oui! Un peu plus et nous étions démasquées! Il faudra êtes plus prudentes la prochaine fois, souligna Félicité en regardant Jasmine du coin de l'œil.

— Et quoi? Était-ce de ma faute si ce robot jouait à l'espion dans le cabinet de toilettes! répondit la brune girafe sur la défensive.

— Quoi qu'il en soit, il faudrait planifier notre prochain essai pour piéger cette madame Chipie! Il ne sera pas dit que je laisserai tomber ce projet comme une perdante.

— Il n'y aura pas de prochaine fois, répondit la voix tremblante de madame Shupiwa.

La stupeur se lisait sur les yeux de Félicité. Elle qui avait toujours réponse à tout se trouvait maintenant sans mot.

— Et dire que j'ai méprisé monsieur Zatan pour mieux vous adorer. Comme j'ai été stupide! Je l'ai traité comme un ennemi, et vous comme mon amie, murmura-t-elle péniblement.

— Celui-là, il me le paiera, siffla Félicité.

Madame Shupiwa avait déjà tourné les talons. Elle avait mal, comme si des douzaines de petites dents pointues lui perçaient l'âme. Elle luttait fort pour retenir ses larmes, mais quelques unes s'étaient déjà échappées et commençaient à couler sur ses joues. Elle se lança hors de cette demeure maudite. À peine avait-elle mis le pied dehors qu'un orage éclata. Deux pas et elle était trempée. Ses véritables amis l'attendaient sur le trottoir. Heureusement pour elle, ses larmes se confondaient avec les grosses gouttes de pluie qui lui mouillaient le visage. Elle avançait, les mains sur les yeux. Elle ne cessait de répéter «vous aviez raison, vous aviez raison... » Elle ne s'arrêtait plus. Devant sa peine, ses amis ne purent que poser maladroitement leurs mains sur son épaule frissonnante. Son orgueil prit alors le dessus : elle monta sur son bolide sans se retourner et, la voix éteinte par ses sanglots étouffés, elle articula difficilement : «Merci à vous deux. Maintenant, montez, cher frère... et vous, Gio, trouvez-vous une place.»

C'est ainsi que monsieur Zatan fut enfin nommé «cher frère» et donc accepté officiellement par madame Shupiwa.

Malheureusement pour lui, il était officiellement aussi devenu l'ennemi à abattre pour mademoiselle Félicité...

19

Fâcheux tandem

Se casser plusieurs jambes en trébuchant dans un escalier? Attraper une maladie contagieuse? Feindre le coma? Madame Shupiwa n'écartait aucune solution pour mettre définitivement fin à son séjour au camp Selabor. Par ce lundi matin pluvieux, seule l'idée de revoir l'humiliante bande de mademoiselle Félicité la rendait malade. Et encore, c'était sans compter tous les exercices inutiles que monsieur de la Rochemande allait encore inventer pour «les rendre meilleurs».

Oui, madame Shupiwa avait grande envie de se rebeller, mais à quoi bon? Elle savait qu'elle irait quand même, à ce camp. À moins d'un coup de main du destin. À cet effet, elle leva les yeux au ciel, bon, c'est-à-dire qu'elle regarda le plafond de sa chambre, et demanda au destin s'il ne pouvait pas faire un petit quelque chose pour elle. Elle ne perdait rien à essayer; il ne fallait rien laisser au hasard.

C'est ainsi que, le moral dans le fond des pantalons, notre amie arriva avec monsieur Zatan au camp, bras dessus, bras dessous. C'est qu'elle se moquait maintenant que tout le monde sache qu'il était son frère.

Gio les attendait dans le hall d'entrée, ravi comme une mouette qui plane au-dessus d'un casse-croûte de poulet frit. Il distribuait des feuillets annonçant la projection prochaine de son film *Quatre demoiselles vertes de peur*. Bien sûr, ses camarades ne pouvaient pas lire le feuillet, car, on se le rappelle, le nouveau programme du ministère stipulait qu'ils n'apprendraient à lire que l'an prochain. Mais puisque ses camarades ne pouvaient pas lire le programme, ils se le feraient expliquer et du coup, cela doublerait le nombre de personnes informées.

Après avoir macéré toute une journée dans sa rage, Félicité arriva au camp plus jolie que jamais : elle portait une courte robe bleu ciel et de jolies nattes. On aurait dit une poupée autrichienne. Elle passa près de l'équipe des Tournesols souriants, regardant au loin, faisant mine de ne pas les voir. Pas de doute, elle était d'attaque.

Monsieur de la Rochemande aussi était d'attaque. L'œil vif, les cheveux bien dressés sur la tête, il était heureux comme un soldat qui part en mission. D'ailleurs, c'était peut-être pour cette raison qu'il avait choisi son complet de couleur kaki militaire. Ses grands mouvements de bras invitaient les « campeurs » de Selabor à entrer dans le local. Puisqu'ils n'avaient pas vraiment d'endroit plus intéressant à fréquenter, l'appel fut un succès.

Monsieur de la Rochemande put ainsi annoncer le programme de la journée.

— Aaaaah, mes petits! Aujourd'hui est une autre journée spéciale, car nous allons aborder le thème de la collaboration, de la fraternité et de l'esprit d'équipe. Vous allez voir, le camp Selabor ne formera qu'une belle et grande famille à la fin de l'été… et pour y arriver, il n'y a qu'un chemin: travail, travail, travail! clama-t-il en bougeant ses longs bras tel un chef d'orchestre.

Les campeurs s'interrogeaient des yeux: quel projet fantasque avait-il encore concocté celui-là? La réponse ne tarderait pas à arriver:

— Aujourd'hui, les amis, nous allons visiter… la… Grande Foire de l'avenir! Oui! Tous les nouveaux développements technologiques et sociologiques y sont exposés! Et nous sommes veinards au camp Selabor, car les organisateurs de la Foire nous commanditent! Nous allons y faire une chasse au trésor! Mais tout d'abord, laissez-moi vous distribuer les cartons.

Le moniteur alla chercher une pile de cartons de couleur sur son étagère et il en fit la distribution.

— Maintenant, vous allez trouver le copain ou la copine qui a le carton de la même couleur que le vôtre, annonça-t-il avec grand émoi.

Tous se mirent à la recherche de leur coéquipier-surprise. Enfin, tous sauf Gio, qui se disait qu'il serait bien plus facile de trouver son partenaire quand tous seraient casés. Il laissa ainsi faire et s'occupa plutôt de placer ses feuillets publicitaires dans les poches de manteau de ses camarades. Pendant que Gio jouait au matraqueur publicitaire, les combinaisons s'amorçaient; monsieur Zatan se joignant à monsieur BolaBola, et Annisse se joignant à un garçon à l'air sympathique, aux cheveux noirs et aux lunettes rondes. Quant à madame Shupiwa, elle en était à étudier la nature du bleu de son carton. C'est que Dorothée, de l'équipe des Roses charmantes, semblait avoir à la main un carton de la même couleur, ce qui les contrariaient fort toutes deux.

— Voyez, mon carton tire sur le mauve-bleu alors que le vôtre est plutôt bleu-mauve, tiens, du même bleu-mauve que l'œil blessé de monsieur Annisse, observa madame Shupiwa.

— Oui, vous avez raison, nos cartons ne sont pas tout à fait de la même couleur, cherchons ailleurs, répondit nerveusement Dorothée en frottant ses grands yeux bleus, fatigués d'avoir tant fixé le carton.

Les associations allaient bon train. En quelques minutes, presque tous avaient trouvé leur coéquipier. Ne restait que quatre âmes solitaires : Félicité qui avait pourtant cherché, mais qui n'avait trouvé personne au carton jaune pâle; Gio qui avait fini de distribuer ses tracts et qui rappliquait avec son carton jaune pâle; et les deux propriétaires de cartons bleu-mauve et mauve-bleu qui cherchaient désespérément ailleurs. Quand Félicité comprit sa malchance, elle contint sa rage en serrant les poings si forts que ses ongles lui entrèrent dans la peau. Gio n'était pas content non plus, mais il se consola en ouvrant un nouveau sac de graines de tournesol. Quant aux propriétaires des cartons bleu-mauve et mauve-bleu, elles se rendirent à l'évidence, ne pouvant plus se retourner vers personne d'autre. Madame Shupiwa eut une mauvaise pensée pour le destin qui non seulement faisait la sourde oreille à ses appels, mais qui en plus semblait drôlement se moquer d'elle.

Les équipes étant formées, monsieur de la Rochemande put reprendre son discours :

— Mes amis, le temps est maintenant venu de vous exposer votre mission. Oh, mais que vois-je ? Y aurait-il deux tomotos dans une même équipe ? demanda-t-il en regardant du côté de monsieur Zatan.

— Oui, monsieur le directeur, je fais en effet équipe avec monsieur BolaBola, répondit dignement monsieur Zatan.

— Mmm, voilà qui est fâcheux. Laissez-moi retravailler tout cela... tiens, Gio et Félicité, vous allez vous séparer. Gio ira avec monsieur BolaBola et Félicité avec monsieur Zatan.

Monsieur Zatan était programmé pour être soumis en tout temps à l'autorité en place. Ainsi, il n'opposa aucune résistance à sa vilaine situation. Quant à mademoiselle Félicité, on aurait cru qu'elle afficherait une bouille encore plus sombre, mais elle n'eut aucune réaction. Gio, qui contemplait la scène, fut surpris et conclut que décidément, il ne comprendrait jamais rien aux filles. Madame Shupiwa fut quant à elle plutôt inquiète pour son frère.

Monsieur de la Rochemande, totalement ignorant des événements de la fin de semaine, fut quant à lui satisfait d'avoir résolu son problème et poursuivit son discours :

— Je disais donc que vous allez participer à une chasse au trésor qui se déroulera à cette exposition sur les nouveaux gadgets de l'année. Quand je dis trésors, je pense... informations sur les produits exposés. Quand je dis trésors, je pense donc... dépliants publicitaires ! Je vous explique : vous parcourrez la Grande Foire de l'avenir à la recherche de réponses à ma liste de questions. Chaque bonne réponse vous vaudra un point. En plus, nous vous remettrons un sac que vous devrez remplir de dépliants trouvés aux différents kiosques. Ces dépliants sont destinés à vos parents. Chaque dépliant vous vaudra un point. L'équipe qui accumulera le plus de points remportera le concours. Des questions ? demanda-t-il en espérant n'en recevoir aucune. Il compta jusqu'à deux et mit fin à son exposé : « Alors, c'est parti mon kiki ! Descendez tous vers le hall d'entrée, j'ai une surprise pour vous ! »

Les élèves arrivèrent au hall d'entrée sans avoir même eu le temps de se bousculer. Ils eurent droit en effet à une chouette surprise : un vieil autobus jaune comme il y en avait dans le bon vieux temps ! Eux qui avaient maintenant l'habitude de voyager en petite fourgonnette au roulement feutré s'excitaient de pouvoir essayer un bon vieil autobus folklorique. Du bruit, du cahot, des bancs de vinyle verts, voilà qui avait de quoi les réjouir. Le chauffeur avait à peine ouvert la porte que les petits s'engouffraient dans l'antre de la bête. Les places arrières furent âprement disputées et la loi du plus fort régna. C'est ainsi qu'Annisse prit place sur le convoité banc arrière avec son cher compagnon monsieur BolaBola. Félicité et ses suivantes étaient aussi à l'arrière, évidemment. Quant à Gio et madame Shupiwa, ils se retrouvèrent assis au milieu, accompagnés de monsieur Zatan.

Lorsque monsieur de la Rochemande entra dans l'autobus, il afficha une mine contrariée. Il claqua la langue en faisant non de la tête.

— Alors là, ça ne va pas du tout, mais alors pas du tout ! N'ai-je pas dit que vous deviez former une grande famille ?

Une fois de plus, les enfants étaient pris au dépourvu. Ils ne voyaient pas où leur moniteur voulait en venir.

— Ne vous avais-je pas donné un coéquipier pour la journée ? Retrouvez-le vite ! Exécution ! cria-t-il.

Dans son élan, monsieur de la Rochemande négligea de conseiller aux enfants de sortir de l'autobus, ce qui eut rendu les choses plus élégantes. On assista plutôt à un étrange bal où les uns et les autres passaient par-dessus les bancs pour éviter l'allée déjà encombrée. Quelques-uns écopèrent d'une trace d'espadrille sur l'épaule… ou sur la joue !

Le voyage fut de courte durée, mais les élèves eurent néanmoins le temps de sortir les têtes par la fenêtre, de chanter quelques chansons et de jouer à saute-mouton sur les bancs. Enfin, quelques-uns uns d'entre eux. Les autres, prenons par exemple l'équipe formée par Félicité et monsieur Zatan, étaient plutôt sages. En fait, madame Shupiwa mourait d'envie d'entendre ce qu'ils se disaient, car contre toute attente, les ennemis d'hier semblaient discuter sereinement aujourd'hui. Madame Shupiwa n'y comprenait rien. Elle aurait tout compris, par contre, si elle avait entendu ceci :

— Voulez-vous vous asseoir près de la fenêtre, monsieur Zatan ? proposa mademoiselle Félicité avec un aimable sourire.

— Oh, bien gentil à vous de le demander, mademoiselle Félicité, mais ça m'est égal.

— Je vous laisse quand même la place. C'est dommage qu'il pleuve, cependant, déplora doucement la blondinette.

S'ensuivit un long silence que Félicité brisa de sa voix charmante :

— Vous savez, monsieur Zatan, j'ai été vilaine à m'en confesser samedi dernier, chuchota-t-elle, honteuse, le regard tourné vers les genoux.

168

— Oui, oui, en effet, on ne pourrait dire mieux! approuva-t-il, très convaincu de ce qu'il avançait.

— Et vraiment, je ne devrais pas recommencer…

— Oui, ce serait mieux, lui conseilla-t-il d'une voix caressante qui pardonne déjà.

— J'ai été influencée par mon groupe d'amies, vous savez, la pression est forte, parfois… dit-elle en se tortillant les doigts.

— Sûrement, oui, mademoiselle, concéda-t-il.

— Et, je ne voulais pas les décevoir…

— Oui, je comprends.

— Et voilà, soupira-t-elle. J'ai été prise dans l'engrenage…

— Pauvre vous, dit monsieur Zatan d'une voix plaintive.

— Ah, mais ne parlons plus de cela! Oublions tout et recommençons à zéro.

— D'accord, vous avez raison, mademoiselle, lui dit-il en souriant.

Et ils s'amusèrent ensuite à suivre les gouttes de pluie qui glissaient sur la fenêtre.

Heureusement pour monsieur de la Rochemande, le trajet – et donc les folies des élèves surexcités – fut de courte durée. Le moniteur était déjà fatigué de sa promenade. Avant de sortir de l'autobus, il se tourna vers ses troupes.

— Chers explorateurs, voici la première question à laquelle vous devez répondre:

Quelle nouvelle invention permet de nettoyer le plancher grâce aux vibrations induites par les haut-parleurs?

Dès que vous avez la réponse, vous me l'apportez au bureau à l'entrée de la Foire. N'oubliez pas que vous devez aussi rapporter le plus de dépliants possible dans ce sac destiné à vos parents : il y a des points rattachés à cela ! Allez, mes petits, en route vers le vaste pré de la connaissance, en route vers le progrès !

Les enfants se précipitèrent hors de l'autobus – Monsieur de la Rochemande y vit de l'enthousiasme – pour s'engouffrer dans le Centre universel des Lumières. Ce complexe était un énorme bâtiment gris sans fenêtres. Il se trouvait dans un ancien hangar d'avions militaires recyclé en centre d'expositions. Les plafonds étaient d'une hauteur vertigineuse. Le bâtiment comprenait dix-neuf salles de différentes dimensions, mais toutes peintes en gris. La Foire de l'Avenir occupait la salle la plus imposante, grande comme trois terrains de football. Derniers sortis de l'autobus, Félicité et monsieur Zatan descendirent doucement, sans se presser, en se tenant par la main. Madame Shupiwa les vit et se consuma de jalousie. Vraiment, cette Félicité ne cesserait jamais de la tourmenter ! Quand le destin entendrait-il ses prières ? La jeune fille aux cheveux bouclés en était maintenant sûre : il lui fallait terminer ce séjour dans ce satané camp ! Elle tentait désespérément de se calmer en se disant que tout cela était peut-être pour le mieux. Le sang bouillait dans sa tête. Ses cheveux commençaient même à défriser. Elle allait exploser. En fait, elle aurait bien voulu exploser, mais elle n'en eut pas l'occasion, car sa merveilleuse coéquipière la ramenait déjà à l'ordre en l'entraînant vers les portes d'entrée du complexe. Elle détourna donc la tête et s'enfonça dans la foule. Félicité s'aperçut du désarroi de sa rivale avec joie. Quelques minutes plus tard, elle poussait à son tour l'une des portes d'entrée de l'édifice. À l'intérieur, Gio distribuait des feuillets à tous les passants, aidé de monsieur BolaBola. Il profitait de ce que tous devaient passer par le même couloir pour élargir son public potentiel : des hommes d'affaires, des étudiants universitaires, des personnes âgées, tous eurent droit à un feuillet. Félicité n'était pas au courant de l'affaire, car personne encore ne s'était fait lire la publicité. Elle continua donc à fouler innocemment le tapis gris de ses pieds mignons. Elle devait ainsi passer devant plusieurs salles avant d'arriver à destination. À la quatrième salle, l'attention de mademoiselle Félicité fut attirée par une affiche spectaculaire. La fillette demanda alors à monsieur Zatan de l'attendre. Elle parlementa un moment avec le portier, puis fit un bref séjour à l'intérieur. Elle revint tout sourire.

— Ooooh, monsieur Zatan, venez avec moi, nous allons nous amuser ! s'exclama-t-elle en jouant avec ses nattes.

— Mais, mais, nous avons un devoir à accomplir, un concours à gagner ! Nous sommes les derniers entrés en plus ! Ah, çà, non, c'est impossible, mademoiselle. Et où voulez-vous aller, je vous prie ?

— C'est une surprise. Oh, je vous en supplie ! Nous allons faire vite, c'est promis ! l'implora-t-elle.

— Mais si notre respectable moniteur s'apercevait de notre fugue ? Ce serait terrible, mademoiselle, prophétisa-t-il en frissonnant. Il était décidément le roi des poltrons. Cependant, Félicité était, elle, la reine des manipulatrices. Elle réussit donc à le convaincre de la suivre.

Ils pénétrèrent dans la salle sombre. Les rares espaces éclairés l'étaient par des projecteurs hauts perchés. Monsieur Zatan tenta de voir quelle était la cible de l'éclairage. Malheureusement, il ne pouvait rien distinguer à cause de la foule compacte qui se pressait autour du point de mire. Il entendait des encouragements, des applaudissements, des huées, mais il ne comprenait pas encore de quoi il s'agissait exactement.

Félicité l'entraîna vers la gauche en le tirant par la manche de sa chemise. Ils se dirigèrent vers les estrades.

— Mais où sommes-nous ? demanda monsieur Zatan. Serait-ce un de ces endroits où les concepteurs de robots viennent présenter leur dernière collection ? Oh, oui, chouette ! Un défilé des derniers modèles de robots !

— Oh, ç'aurait pu, car ils sont très beaux, en effet, répondit sa compagne en affichant un sourire énigmatique.

— Eh bien, quoi qu'il en soit, je ne suis pas intéressé, car nous allons être en retard pour répondre à la question de monsieur de la Rochemande. Je vous en prie, chère amie, partons! ordonna-t-il rudement.

— Monsieur Zatan, un peu de patience, car nous arrivons, répondit gracieusement Félicité.

En effet, elle le fit monter sur une estrade d'où ils pouvaient enfin voir le spectacle. Monsieur Zatan resta un moment figé.

— Ah bon, eut-il pour toute remarque.

— Je savais que vous seriez intéressé, lui dit Félicité.

— Non, pas du tout. Je ne suis pas programmé pour cela, j'imagine.

Félicité n'en fut nullement offensée. Elle semblait se régaler de pouvoir enfin assister à un Andro-extrême, qui consistait ni plus ni moins en une journée de combats de robots. En plus, elle avait une très bonne place, au centre de l'estrade. Elle pouvait voir évoluer les deux adversaires sur la petite arène inondée de lumière par les puissants projecteurs. En ce moment, Matrax l'Anthrax avançait férocement sur Tarot le Garrot. Matrax était un androïde au corps large, écarlate et métallique. Ses yeux verts ressortaient grâce à ses cheveux oranges. Il avait une énorme bouche rendue plus vilaine par l'absence totale de lèvres. Disons qu'il n'était pas du genre qu'on inviterait à prendre le thé. Tarot le Garrot ne semblait guère plus sympathique avec sa rugueuse carapace brune, son crâne chauve, ses petits yeux jaunes rapprochés et ses courtes jambes musclées. Matrax l'Anthrax venait d'asséner un coup de poing sur la tête de Tarot le Garrot. En tombant, ce dernier eut la bonne idée de se s'agripper à la taille de son rival, qui fut aussitôt renversé. Ils roulèrent jusqu'au bord de l'arène. Soudain, Tarot sauta comme si une abeille l'avait piqué. Il donna un coup de pied à Matrax qui se recroquevilla en grimaçant.

Tout cela ennuyait beaucoup monsieur Zatan, qui se mit donc en mode « économie d'énergie ». Il devenait alors léthargique, comme lorsque madame Shupiwa l'avait laissé poireauter dans les cabinets du camp Selabor. Il manqua donc la fin du combat : Matrax chuta dans l'escalier de l'arène et il fut transporté d'urgence vers le vestiaire où les réparateurs l'attendaient. Tarot fut déclaré vainqueur et on le posa sur la grande tablette des champions à battre. Une fois l'atmosphère calmée, le présentateur annonça le prochain combat. On entendit sa voix résonner dans toute la salle :

— Amis amateurs de féroces combats, vous êtes bel et bien au bon endroit ! Restez avec nous, car dans cinq minutes, nous allons voir les dangereux Ujivoss le Colosse et Zatan le Content !

20

Zatan le Content

Monsieur Zatan sursauta à l'annonce de son nom. Puisqu'il était en mode de veille, il n'avait pas été très attentif. Il dut donc utiliser son programme de réécoute qui lui permettait de réentendre les trente dernières secondes enregistrées par ses appareils auditifs. Ainsi, il mit un moment à réagir, moment pendant lequel Félicité le fit descendre vers le vestiaire. Une fois qu'il eut compris ce qui lui arrivait, il était presque trop tard. Sa compagne l'avait poussé dans une petite chambre aux murs blancs et à la lumière presque bleue. La pièce était décorée de photos grandeur nature des champions des années passées.

— Qu'est-ce que cette mise en scène? demanda le tomoto, épouvanté.

— Voyons, monsieur Zatan, ne vous mettez pas dans un état pareil! J'ai confiance en vous, lui murmura-t-elle en souriant.

— Je ne suis pas programmé pour le combat! Sortez-moi d'ici! dit-il fermement.

— Allons, allons, mettez cette cape violette. Là, elle vous va à merveille, s'exclama-t-elle en en battant des mains.

— Je vais crier, mettre mon système d'alarme en branle, voilà ce que je vais faire ! s'énerva monsieur Zatan.

— Et, et moi qui croyais vous faire plaisir, lui répondit-elle en baissant les yeux et en laissant couler une larme sur sa joue tout en soupirant lourdement. La voilà qui utilisait la technique « chaton TRISTE sous la pluie », une version redoutablement améliorée de la très connue technique « chaton sous la pluie ». Cela eut pour effet de ramollir le tomoto, victime de plus attendrissant que lui.

— Mais, mais, pourquoi avez-vous pensé que cela me rendrait heureux, ma très chère ?

— Je vous voyais comme un chevalier défenseur des opprimés. Enfin, c'est ce que vous êtes pour votre sœur, n'est-ce pas ? susurra-t-elle en battant des cils.

— Mais vous n'êtes pas opprimée, que je sache, mademoiselle Félicité ! lui répondit monsieur Zatan en fronçant les sourcils.

— Oui, un peu. C'est que… je n'avais pas d'argent pour payer mon entrée, alors on m'a forcée d'inscrire un combattant. Et vous savez, je tenais tellement à voir ces combats, fit-elle en détournant la tête.

— Et vous avez cédé ! Vous m'avez inscrit ? Et que vais-je devenir maintenant ? cria-t-il en jetant des regards angoissés sur les photos des anciens champions, plus monstrueux les uns que les autres.

— Monsieur Zatan, vous êtes capable de combattre, vous l'êtes! supplia presque Félicité.

— Oh, bien sûr! Et c'est avec cela en tête que vous m'avez nommé Zatan le Content! Quel nom ridicule! Comment puis-je vaincre l'adversaire avec un nom aussi peu menaçant! Zatan le Content, mais je vais me faire tuer avec un nom pareil! Il m'aurait fallu Zatan le Conquérant ou Zatan le Flamboyant, dit-il en se prenant au sérieux.

Mademoiselle Félicité réprima un sourire. On cogna à la porte.

— Ciel, qui cela peut-il bien être? s'écria monsieur Zatan qui se voulait flamboyant, mais qui était toujours aussi lâche.

— Dans une minuuute! entendit-on à travers la porte.

— Allons-y monsieur Zatan, c'est notre heure de gloire! s'exclama Félicité en le poussant vers la sortie.

Sans trop savoir ce qu'il faisait, monsieur Zatan marcha dans l'étroit couloir de béton qui conduisait à l'arène, avec pour seule armure son triple menton et son nœud papillon. Il entendit la foule qui battait des mains en scandant des syllabes incompréhensibles. Comme un bébé qui vient au monde, monsieur Zatan passa rapidement d'un très petit couloir sombre à une immense salle baignée d'une lumière aveuglante. Le pauvre se retourna vers Félicité, mais elle n'était déjà plus là.

Le tomoto eut froid dans le dos, car il y vit un mauvais présage. Mais il était trop tard pour réagir, car il montait déjà dans l'arène.

Ujivoss le Colosse y était déjà avec des airs de loup enragé. Il dépassait monsieur Zatan d'une tête et faisait deux fois sa largeur. Il avait l'air d'un cactus avec son corps recouvert d'épines vertes. Ses cheveux bleus hirsutes faisaient un contraste saisissant avec ses yeux rouge sang. Il avait l'écume aux lèvres et piaffait d'impatience. Le moins qu'on puisse dire, c'est que monsieur Zatan fut pris du sincère désir de décamper, mais il n'y avait plus aucune issue possible. Il chercha du réconfort dans sa nouvelle amie Félicité. Il plissait les yeux à cause de la lumière intense des projecteurs. Il retrouva la demoiselle exactement à sa place dans les estrades et fut touché de voir des larmes rouler sur les jolies joues roses de son amie. « Elle est probablement émue par mon courage et le danger que je cours », pensa monsieur Zatan. Toutefois, il n'eut pas le temps d'observer davantage sa compagne, car on en était aux présentations des guerriers. Une musique assourdissante et un jeu de lumières étourdissant se mirent à l'œuvre pour créer une ambiance survoltée. La foule se leva et marqua le rythme en battant des mains. L'arbitre, un petit homme rondelet et chauve ressemblant à Annisse, se plaça au milieu de l'arène en croisant les bras. L'animateur, dont la voix puissante sortait d'on ne sait où, présenta les combattants :

— Mesdames et messieurs, bienvenue au dernier combat de la classe Super-Vilains! s'exclama-t-il avec emphase. À peine avait-il terminé sa phrase que la foule fiévreuse criait son enthousiasme. Il attendit que les spectateurs se calment pour présenter les combattants. «Dans le coin gauche, le terrible Ujivoss le Colosse!» Ujivoss ne se fit pas prier pour en mettre plein la vue aux spectateurs. Il poussa un cri rauque qui donna la chair de poule aux plus braves. Son souffle était si violent que son haleine fétide se répandit dans toute la salle. Monsieur Zatan commençait à trembler. Il regarda du côté de Félicité. Il n'arrivait pas à y croire. Elle semblait vraiment affligée; sa figure se contorsionnait et elle serrait les bras sur son ventre. Entre-temps, le présentateur avait pris une grande respiration et se lança donc pour la deuxième présentation: «Dans le coin droit, le redoutable, Zatan… le… Content!» Monsieur Zatan s'apprêtait à saluer la foule, mais le rire général déclenché par le nom ridicule l'en empêcha. Il regarda à nouveau vers Félicité et comprit enfin que ses larmes et ses contorsions étaient plutôt des convulsions de fou rire. Il avait été piégé! Elle se vengeait de lui! Elle n'avait pu prendre sa sœur, il lui fallait jeter son venin sur celui qui avait fait échouer son plan. Mais à quoi lui servaient ces réflexions alors qu'il était à deux doigts de la mort? Il lui fallait sortir de ce mauvais pas. Malgré ses tremblements, il leva la main pour prendre la parole. La foule prit ce geste pour de la provocation et se mit à taper sur les bancs de plastique. Ujivoss le colosse rugit encore. L'odeur nauséabonde qu'il dégagea de nouveau exacerba l'excitation générale. Certains spectateurs venaient ajouter à la cacophonie régnante en criant des «hoo-hoo-hoooo!». D'un geste de la main, l'arbitre, autorité absolue, refroidit les esprits. Quand le silence fut à peu près revenu, il se tourna vers monsieur Zatan. Ce dernier sauta sur l'occasion pour demander à nouveau la parole. L'arbitre grogna et regarda monsieur Zatan d'un air exaspéré qui semblait dire : « Maintenant dépêchez-vous, qu'on commence le massacre!» Le malheureux tomoto bomba le torse pour se donner un air confiant. Il leva les poings au ciel et déclara :

— Premièrement, je m'appelle Zatan le Conquérant !

— … et deuxièmement, tu devrais rédiger ton testament ! hurla un spectateur, provoquant l'hilarité générale.

Monsieur Zatan avait prévu faire un convaincant discours contre la violence dans le monde, discours qui, croyait-il, mènerait à l'annulation du combat. Mais il constata rapidement qu'il ne devait pas compter là-dessus pour sauver sa peau. Il adapta sa stratégie. Pour l'instant, tout ce qu'il voulait, c'était retarder le combat.

— Je désire, avant d'entamer la chaude lutte que tous attendent, parler de notre très cher ami

Ujivoss... dit-il lentement en pingouinant vers l'escalier. Sa nouvelle stratégie était maintenant d'essayer de tout bonnement s'enfuir par les escaliers, mais voyant que la foule dense bloquait le passage, il abandonna son projet. Il décida alors de continuer à gagner du temps.

— Voyez-vous, Ujivoss a des problèmes de carie dentaire... commença-t-il.

— Au moins, il ne te mordra pas ! cria un autre spectateur, déclenchant encore des rires gras.

Monsieur Zatan ne se formalisa pas de ces commentaires, car au moins la foule le laissait parler et il pouvait ainsi peut-être trouver une idée pour se sortir de cette impasse. Il poursuivit sur sa lancée :

— Voilà pourquoi notre petit copain Ujivoss a une haleine à faire fondre l'acier, une haleine qui rendrait jaloux un camembert, déclara-t-il.

Monsieur Zatan avait beau réfléchir, il ne voyait pas d'issue à sa situation. En plus, l'arbitre montrait des signes d'impatience. La peur faisait trembler le tomoto de plus belle, mais il continua à parler. « Je lui propose un traitement gratuit chez un dentiste de mes amis ! » s'exclama-t-il, en essayant de contrôler la peur qui le gagnait comme un raz-de-marée. L'arbitre le regarda d'un œil mauvais ; la récré était terminée. Il demanda à monsieur Zatan si « c'était tout », en reniflant bruyamment. Il renifla de nouveau, car il percevait une drôle d'odeur tout à coup. Une odeur qui lui rappelait sa tante Agnès, celle qui adorait fabriquer des bonbons. Lorsqu'il lui rendait visite, une odeur de caramel brûlé régnait dans sa maison, car elle était un peu gauche et échappait souvent du sucre sur le feu. Il esquissa un sourire en souvenir de son enfance dorée. Cependant, lorsqu'il revint à la réalité, il vit monsieur Zatan chanceler. Il comprit immédiatement que c'était lui qui dégageait cette forte odeur de sucre brûlé. La peur faisait surchauffer son système électronique qui ne tarda pas à disjoncter. C'est ainsi que monsieur Zatan tomba sur le sol comme une planche. La foule scandait « Remboursez ! Remboursez ! » Les soigneurs durent se dépêcher de sortir le tomoto de l'arène avant qu'une émeute n'éclate. Quant à Ujivoss, son entraîneur avait l'intention de le mener droit vers le bureau du dentiste. Le discours de monsieur Zatan l'avait inspiré : il allait garder les dents pourries et puantes d'Ujivoss et faire ajouter des pics de métal sur ses canines, pour faire plus menaçant.

Monsieur Zatan s'était-il sauvé du massacre en faisant semblant de s'évanouir ou avait-il été mis K.-O. avant même que le combat ne commence ? Félicité n'en avait cure. L'important, c'est qu'elle s'était vengée, et bien vengée puisqu'elle avait beaucoup ri, en prime. Elle sortit donc de la salle bien rassasiée. Cependant, après quelques pas, elle se ravisa. Si monsieur Zatan revenait à lui, elle risquait d'avoir de gros ennuis, car il allait tout raconter. Et s'il ne revenait pas à lui, qui sait si cette madame Chipie n'allait pas faire une enquête et découvrir le pot aux roses ! Il lui fallait vite entrer dans le vestiaire des combattants !

Félicité profita de sa taille filiforme pour se glisser à travers la masse des spectateurs. Une fois atteinte la porte du vestiaire, elle se présenta comme l'accompagnatrice de monsieur Zatan. On lui laissa franchir le seuil sans poser de question. Elle pénétra donc dans le local et vit monsieur Zatan couché sur une table de marbre. Il était entouré de réparateurs spécialistes. La fillette se rua sur celui qui lui paraissait le moins occupé, un jeune homme aux cheveux châtains tenus longs sur la nuque.

— Bonjour, je suis son amie, comment va-t-il ? haleta-t-elle, encore essoufflée de sa course.

— Oh, tu sais, nous ne sommes pas des experts en tomotos. Ils ne sont pas tout à fait construits comme des robots lutteurs. Tiens, par exemple, eux peuvent parler, alors que les robots lutteurs sont plus aptes à crier et cogner, expliqua-t-il calmement.

— Ah bon, mais que faites-vous, alors ? lui demanda-t-elle avec une pointe d'inquiétude.

— Bien, nous avons mis son centre de décision au potentiel zéro et nous allons maintenant essayer de le remettre en fonction.

— Mais comment a-t-il pu se briser ? Il ne s'est même pas battu ! s'exclama-t-elle, perplexe.

— Eh bien, je crois que les tomos ont un système qui les protège contre les actes dangereux, les programmeurs appellent cela la peur virtuelle. C'est une combinaison de cellules du cerveau de chat et de puces électroniques qui permet d'obtenir cet effet. Ainsi, un tomoto ne sautera pas d'une falaise, car l'effet de la peur virtuelle l'en empêchera. Cependant, quand un tomoto a très peur et qu'il ne peut fuir la situation périlleuse, alors la pièce surchauffe et voilà le résultat! Cela n'arrive que très rarement, mais c'est un problème que les fabricants n'ont pas encore pu résoudre. Tu m'excuseras, maintenant, c'est le moment de le remettre en fonction et je ne veux rien manquer.

Le jeune homme se tourna alors vers celui qui semblait être le patron: un homme d'environ cinquante ans, plutôt brun, et au corps extrêmement musclé. C'était en effet au réparateur en chef que revenait la délicate tâche de replacer le centre de décision de monsieur Zatan. L'opération prit une bonne demi-heure pendant laquelle un silence total régnait. Ensuite, on connecta le lobe de l'oreille droite de monsieur Zatan à une simple petite pile. Les yeux du tomoto tournèrent dans leurs orbites pendant quelques secondes, ses lèvres tremblèrent, ses bras et ses jambes se contractèrent, et hop! Il revint à lui.

— Oh, oh, bonjour tout le monde! dit monsieur Zatan tout sourire.

— Ma foi, vous voilà en bonne forme! constata le réparateur en chef un peu étonné.

Félicité était dans ses petits souliers. Elle comptait sur sa bonne étoile pour la sauver.

— Ouf, ai-je combattu, finalement? demanda-t-il en se grattant la tête.

— Non! cria malgré elle Félicité, trop heureuse du dénouement de l'affaire. Elle remerciait sa bonne étoile.

— Oh, vous! Hyène malveillante! C'est vous qui m'avez poussé dans cette arène! s'exclama-t-il. Malheureusement pour Félicité, sa bonne étoile n'avait manifestement pas tout arrangé.

— Mais, vous aviez accepté! lui affirma-t-elle.

— VOUS m'avez inscrit au combat! VOUS m'avez poussé dans l'arène! VOUS avez ri de moi! hurla-t-il.

— Mais je ne riais pas de vous! J'étais influencée par la foule! En plus, j'étais nerveuse... oui, c'était un rire nerveux! J'avais soudain peur pour vous quand j'ai vu à quel point votre adversaire était redoutable! déclara-t-elle avec un aplomb à ébranler la foi du chrétien le plus convaincu.

— Allez, fissa! dit le chef réparateur. Nous avons assez perdu de temps ici! Tout le monde dehors, j'ai un rendez-vous dans une heure à l'autre bout de la ville, grogna-t-il.

Monsieur Zatan sortit donc en compagnie de Félicité. Celle-ci aurait préféré qu'il ne se souvienne de rien, mais elle s'accommodait bien de le voir en bonne forme. Ils se dirigèrent vers le grand couloir sans échanger une parole.

Pendant ce temps, madame Shupiwa travaillait avec sa coéquipière, sans bonheur, mais sans trop de heurt non plus. Elle s'étonnait de ne pas avoir encore croisé une seule fois l'équipe de monsieur Zatan. Évidemment, elle n'avait aucune idée de ce qui venait de se passer. Pour elle, rien n'avait changé.

Rien n'avait changé : c'est aussi ce que croyait Félicité. Ainsi que monsieur Zatan.

Non, vraiment, personne ne se doutait de rien.

21

N'en parlons plus

Vingt pas. C'était la distance à franchir pour atteindre la cinquième salle. Vingt pas, mais pas vains pas, car Félicité les utilisa pour semer le doute chez monsieur Zatan : « Bien sûr que j'ai ri, admettait-elle, mais TOUTE la salle riait ! Vous étiez si mignon ! » Elle lui répétait à quel point elle était désolée qu'il se soit blessé « mais le spectacle était farfelu et il fallait rire, voilà tout ! » insistait-elle. La charmante fillette plaida tant et tellement bien sa cause que monsieur Zatan lui tenait presque la main lorsqu'ils arrivèrent à la Foire de l'Avenir. Ils avaient à peine mis le pied dans la gigantesque salle d'exposition qu'une amie de Félicité les accosta.

— Enfin vous voilà mademoiselle Félicité ! Monsieur de la Rochemande vous cherche partout ! dit-elle en arrondissant les yeux.

Les yeux verts de Félicité ne s'émurent guère à l'idée que le moniteur puisse être en colère. Sa jolie bouche articula discrètement dans l'oreille de sa copine qu'elle avait une bien bonne histoire à lui raconter. Les mains de sa copine glissèrent tout aussi discrètement quelques dépliants dans le sac de Félicité. La manœuvre n'était pas sitôt terminée qu'on vit monsieur de la Rochemande approcher à pas de géant. Rien de plus normal, car il avait des jambes de géant! Félicité se pencha vers monsieur Zatan et lui recommanda de garder le silence. Monsieur de la Rochemande se tenait maintenant devant eux, prêt à leur faire un sermon. Il planta ses poings sur les hanches et sortit les canines.

— Jeune fille, voilà bientôt deux heures que nous sommes ici, et votre équipe ne s'est pas présentée une seule fois à mon bureau! Je veux des explications! tonna-t-il.

— Oh, monsieur de la Rochemande, je l'admets, j'ai eu une faiblesse, j'ai désobéi. Pardonnez-moi! lui répondit-elle sur un ton tellement sucré que les piles de monsieur Zatan se rechargèrent juste à l'entendre.

— Et où étiez-vous? Que faisiez-vous? gronda-t-il en levant les bras au ciel.

— Nous étions dans la salle de combats de robots juste à côté! osa-t-elle confesser.

— Quelle honte! Et si vous parents apprenaient cela! s'indigna-t-il.

— En effet, si mes parents apprenaient cela, murmura-t-elle avec un doux sourire, ils seraient fâchés contre moi… et contre vous, n'est-ce pas?

Cette judicieuse remarque porta fruit. Monsieur de la Rochemande se frotta le menton, l'air embarrassé. Il aurait en effet à expliquer le manque de surveillance de sa part.

— Voyez, nous n'y sommes pas restés long-temps, mentit Miss Calamité. La preuve, c'est que nous avons eu le temps d'amasser tous ces dépliants, souligna-t-elle en montrant le sac rempli de dépliants par les bons soins de sa copine.

Monsieur de la Rochemande se doutait bien qu'on lui racontait des bobards, mais il ne voulait pas d'ennuis. Il passa donc outre et laissa filer les délinquants. Il retourna à son bureau où déjà une file d'enfants l'attendait.

La compétition était féroce parmi les élèves. L'équipe d'Annisse se classait première pour les réponses aux questions, mais celle de Gio figurait au premier rang pour le nombre de dépliants amassés. Chacun avait ses raisons pour travailler avec ardeur : Annisse le faisait par orgueil, et Gio par sens pratique, car il distribuait ses feuillets publicitaires à chaque kiosque. Annisse, prenant les choses au sérieux, avait couru sans arrêt. Il soufflait péniblement et suait à grosses gouttes, mais tenait bon. Il anticipait une récompense à la hauteur des promesses du moniteur.

Une centaine de réponses plus tard, monsieur de la Rochemande sonna la fin du concours. Tous retrouvèrent leur place dans l'autobus jaune. Monsieur Zatan et Félicité gardaient le silence, au grand soulagement de madame Shupiwa. Annisse pour sa part rêvait de la remise du grand prix, et se demandait quel profil il devrait montrer aux photographes qui seraient sans doute nombreux à couvrir l'événement. Quant à Gio, il s'imaginait déjà en train de recevoir des éloges lors de la présentation de son film, prévue pour le lendemain soir.

Arrivé au camp, monsieur de la Rochemande commanda un rassemblement dans la grande classe. Il étendit les bras comme s'il allait s'envoler.

— Voilà une autre journée qui s'achève! Voilà un autre pas dans notre grande marche vers la sagesse! Aujourd'hui, vous avez fraternisé et cela m'a… ému, soupira-t-il en écrasant de son index une larme imaginaire sous l'œil droit. Il se racla la gorge et poursuivit sur un ton solennel: C'est le moment de dévoiler l'équipe gagnante du concours; oui, les élèves les plus méritants, les plus courageux, les plus nobles du groupe. La crème de la crème, comme disait ma mère! Mais auparavant, laissez-moi vous annoncer la programmation de demain. Vous découvrirez demain une discipline exigeante, mais – oh combien! – satisfaisante, et j'ai nommé: le lavage de vos vêtements! Vous apprendrez à lire les étiquettes! Oui, car sachez que les étiquettes ne servent pas qu'à vous assurer d'avoir les dernières fripes à la mode! Elles vous informent aussi sur leur entretien, dit-il en lançant le poing vers le plafond. Demain, je veux que chacun apporte trois vêtements sales, et nous allons vous apprendre à les laver en vrais professionnels. Voilà. Oh, j'allais oublier: on me demande d'annoncer que demain soir, Gio présentera son film intitulé *Quatre demoiselles vertes de peur*. Allez-y en grand nombre !

Comprenant alors que Gio allait utiliser ce qu'il avait filmé chez elle, Félicité devint immédiatement, mais malgré tout joliment, rouge de colère. À partir de ce moment, elle n'écouta plus du tout monsieur le moniteur qui lui, continuait sa présentation avec son habituelle ferveur :

— Maintenant, le moment est venu de dévoiler l'équipe étoile de la journée. Ses deux membres recevront un prix de haute distinction qui les récompensera largement pour leurs efforts. J'invite donc Annisse et Reit à l'avant !

Annisse bondit comme une sauterelle. Il se dirigea vers la scène sous les applaudissements polis des autres élèves. Dans son enthousiasme, il avait bousculé son comparse. Le pauvre cherchait maintenant ses lunettes par terre pendant que monsieur de la Rochemande serrait chaleureusement la main d'Annisse.

— Annisse, tout d'abord, bra-vo ! Quelle joie de côtoyer un jeune homme de votre trempe[1], lui dit-il. Annisse tâta alors sa chemise pour constater qu'en réalité, elle était plutôt sèche que trempée[2]. Je vous félicite pour la performance remarquable

---

1. Trempe : de caractère, énergique.
2. Vous voyez ce qui arrive, quand on manque de vocabulaire ?

que votre équipe nous a donnée aujourd'hui. C'est donc avec fierté que je vous remets ce prix, déclara-t-il pompeusement en donnant à chacun une plaque de bois vernie sur laquelle était collée une vieille pantoufle de velours bleu marine.

— Mmm… mmmerci, bredouilla Annisse dont la respiration bruyante témoignait d'une forte déception. Son coéquipier ne répondit rien. Il fixait son trophée avec un visage sans expression.

— Ce sont les pantoufles du défunt monsieur Crominwell, fondateur du camp Selabor, expliqua le moniteur. Je suis triste de m'en séparer, mais je me console en sachant qu'elles logeront dorénavant chez de jeunes gens méritants.

Annisse serra les lèvres et quitta à la hâte le devant de la scène, alors que son collègue resta figé à examiner sa plaque.

— C'est ainsi que notre journée prend fin, dit monsieur de la Rochemande d'un air piteux. Alors reposez-vous bien, et n'oubliez surtout pas de remettre les dépliants de la Foire de l'Avenir à vos parents, bande de chenapans, ho, ho !

Madame Shupiwa put enfin retrouver son frère qui lui raconta sa courte carrière de bagarreur au pays de Matrax et d'Ujivoss. Le récit ne manquait pas de piquant. La sœur de monsieur Zatan (on peut le dire, car c'est maintenant officiel) devait reconnaître qu'à force d'être méchante, Félicité finissait par être carrément divertissante. Madame Shupiwa l'aurait bénie si elle n'avait pas été si occupée à la maudire. Oh, et puis, même la maudire devenait trop difficile à la fin de cette éreintante journée. Tout ce que la jeune fille voulait maintenant, c'était une bonne grosse nuit de sommeil. Il en allait de même pour son frère qui était au bout de son carré de sucre.

22

Métamorphose

Le lendemain matin, une odeur de crêpes flambées réveilla madame Shupiwa. «Miracle! se dit-elle, ma mère cuisine!» Elle fila tout droit vers la salle à manger où hop! elle trébucha. Elle alla s'effondrer sous le dernier objet de luxe à entrer dans la maison: la table d'acier suspendue par lévitation magnétique. Comme son nom l'indique, cette table «flotte» et n'a donc pas de pattes. On ne s'y cogne jamais les orteils, ce qui justifie amplement sont prix très, très élevé.

Tel un cow-boy qui vient de recevoir un coup de poing, madame Shupiwa se releva immédiatement. Elle comprit tout d'abord qu'aucun déjeuner n'était en route dans cette cuisine. Rien n'était donc changé aux bonnes vieilles habitudes de la maison. Cependant le plancher, lui, comportait une anomalie. Cette anomalie expliquait non seulement la chute de la jeune fille, mais aussi l'odeur qui régnait dans la maison. L'anomalie, c'était monsieur Zatan, couché par terre, ronflant plus que jamais et dégageant une forte odeur de sucre brûlé. Madame Shupiwa s'approcha de lui et après avoir patienté trois longues secondes, lui secoua les épaules. Il finit par ouvrir les yeux.

— Oh, comment va ma chère sœur, ce matin? demanda-t-il d'une voix rauque.

— B... ien, et vous? s'enquit-elle, inquiète.

— Mieux que jamais! s'exclama-t-il en arborant un large sourire.

— Ah bon, préparons-nous pour le camp, alors, dit-elle déçue de rater une si belle occasion de s'absenter de Selabor.

Leur maman fit irruption dans la pièce, les cheveux en bataille:

— Pourquoi ne m'avez-vous pas réveillée? Je vais être en retard! Ce satané système de réveil par ultrasons n'a pas fonctionné! Vite, pressons! Dans cinq minutes nous partons! Cinq minutes! Mais qu'est-ce que c'est que cette drôle d'odeur? demanda-t-elle en se dirigeant vers la salle de bain, sans vraiment attendre de réponse.

Cinq minutes, c'était peu, compte tenu que madame Shupiwa avait deux tâches à accomplir. Premièrement, il fallait arracher trois morceaux à la haute tour de vêtements sales sans que celle-ci ne s'écroule! Et ce n'était rien en comparaison avec l'autre tâche: trouver des vêtements propres! La fillette finit par enfiler une jupe rose et un polo jaune à lignes vertes, en souhaitant que ses camarades soient tous daltoniens. Comme annoncé, cinq minutes après son réveil, la maman de madame Shupiwa poussait sa progéniture dans la voiture et démarrait en trombe vers le camp. Tout se déroulait normalement, c'est-à-dire que les règles élémentaires de prudence au volant étaient bafouées les unes après les autres. Tout se déroulait normalement jusqu'à ce que le doux, le tranquille tomoto connu sous le nom de monsieur Zatan se manifeste.

— Woohooo! Quel panache, ma chère mère! Allez, essayez de passer entre ces deux camions poids lourds, là, devant nous! suggéra monsieur Zatan.

La jeune fille n'en croyait pas ses oreilles: était-ce bien son tomoto qui s'exprimait ainsi?

— Monsieur Zatan, taisez-vous! J'ai besoin de toute ma concentration, commanda furieusement sa mère.

— Ha, ha! Woohoooo! persistait-t-il.

— Maman, tu es comme énervée aujourd'hui! remarqua madame Shupiwa.

— Ha, ha! *Comme énervée*! répéta monsieur Zatan en se tordant de rire.

— Mais, monsieur Zatan, corrigez-la! ordonna sa mère, exaspérée.

— Hou hou! *Comme! Comme! Comme éner-vée!*

La journée se poursuivit sur le même ton. Madame Shupiwa trouvait son frère de plus en plus rigolo. Au camp Selabor, pendant la leçon de lavage de vêtements, il voulut faire un tour dans la sécheuse, enfila la robe que mademoiselle Dorothée avait apportée pour le lavage, et essaya de danser avec monsieur de la Rochemande. En une journée, il avait réussit à devenir le campeur le plus populaire du groupe. Sa sœur s'en réjouissait, jusqu'à ce qu'Annisse vienne tout gâcher :

— Vous savez, madame Shupi, si j'étais vous, je m'inquiéterais de la santé de mon tomoto, laissa-t-il tomber nonchalamment.

— Mais voyons ! Que racontez-vous ? Il est plus sympathique que jamais ! répondit-elle incrédule.

— Oui, oui, mais ce changement de comportement est plutôt… bizarre, admettez-le.

— Bof, fit-elle en haussant les épaules.

— On m'a déjà expliqué qu'un tomo ne change jamais de comportement, à moins d'être détraqué. Il y a quelque chose qui cloche, madame Shupi.

— Sapristi ! Ce matin ! L'odeur de sucre brûlé ! se rappela-t-elle.

— Oh, je crois que c'est mauvais signe !

La conversation fut interrompue par une altercation entre Félicité et Gio. En fait, elle le semonçait et lui paraissait plutôt s'amuser. La discussion portait évidemment sur le film que Gio allait présenter.

— Vous vous croyez artiste ! Ha ! Vous n'êtes qu'un petit crottin qui profite du malheur des autres ! cracha Félicité, oubliant qu'elle-même avait voulu faire un vilain film sur madame Shupiwa…

— Alors je vous compte au nombre des spectateurs, ce soir ? Voilà une bonne nouvelle ! rétorqua aimablement Gio.

— Et il se croit drôle, ce rongeur de pépins de fleurs ! lui lança-t-elle avec dédain.

— Pas autant que vous, bien sûr. C'est ce que nous verrons ce soir, dit-il en haussant le ton pour le bénéfice des spectateurs. Il ajouta : Vous allez voir, elle est très drôle dans son rôle d'hystérique.

— Vous ne devriez pas vous attaquer à plus fort que vous, conseilla Félicité en lui tournant le dos. Elle partit alors rejoindre son équipe.

Voilà des paroles qui n'étaient pas de bon augure. Toutefois, Gio n'était pas du genre à se soucier des plans de vipère. Il avait d'autres chats à fouetter, comme par exemple aller acheter des sacs de graines de tournesol. Il ne fallait surtout pas en manquer durant la soirée qui approchait à grands pas. Et d'ailleurs, si elle approchait à grands pas, cette soirée, c'était qu'elle prenait son élan… pour donner un joli coup de pied au destin. Eh oui, il y a des soirées comme ça !

Cette soirée-comme-ça commença bien innocemment. Avant de quitter la maison, madame Shupiwa attendit que monsieur Zatan s'éloigne un peu pour parler à sa mère, seule à seule. Cette dernière sortait aussi ce soir-là. Elle était donc à compléter sa toilette, installée devant le rayon des chaussures de son vaste vestiaire.

— Bon, alors il me faut des souliers bleus pour aller avec ma robe. Voyons voir… murmura-t-elle en promenant son regard sur le mur aux souliers.

— Maman, nous devons emmener monsieur Zatan chez le réparateur ce soir.

— Bon, et quoi encore ? répondit-elle en tentant désespérément de choisir une paire de chaussures parmi la centaine qui s'offrait à elle.

— Son comportement a changé, il n'est plus le même. C'est mauvais signe, à ce qu'il paraît.

— Ah bon, répondit distraitement sa mère en glissant les pieds dans une paire de sandales «bleu ciel d'été».

— Je crois que nous devons y aller ce soir, maman. Il ne faut pas perdre de temps !

— Mais je croyais que tu allais au cinéma ce soir ? nota-t-elle en délaissant la paire de sandales «bleu ciel d'été» pour prendre la «bleu ciel d'automne».

— Mais nous irons après, n'est-ce pas, maman ?

— Oh, mais je n'aurai pas le temps ce soir, car je dîne avec des copines, annonça-t-elle en optant maintenant pour les sandales «bleu piscine», qu'elle laissa vite tomber pour des mignons souliers «bleu mer paisible».

— Maman, il va mal, je te dis. Et s'il arrêtait de fonctionner pour toujours ?

— D'accord ! D'accord ! Nous irons peut-être après ton cinéma, explosa-t-elle en lançant par terre la paire de souliers «bleu mer paisible». Elle empoigna ensuite les talons aiguilles «bleu myosotis fané».

— Merci, maman!

— Oh, je ne trouve ri-en! C'est le vide total! Il faudrait absolument que je trouve le temps d'aller m'acheter des chaussures! lança-t-elle, exaspérée. Puis, semblant tout à coup s'apercevoir de la présence de sa fille, elle se tourna vers elle et lui dit: Tu prendras ta trottinette pour te rendre au cinéma?

— Oui, pourquoi pas?

— Alors écoute-moi bien: je veux que tu te comportes correctement sur la route. Pas de dépassement, pas de cris, pas de vitesse…

Madame Shupiwa fit docilement oui de la tête, comme d'habitude. Elle descendit ensuite avec son frère pour cueillir son véhicule. Monsieur Zatan se précipita sur le cabinet de rangement:

— Chère madame Shupi, c'est moi qui conduit ce soir! ordonna-t-il avec l'air autoritaire d'un grand chef à qui on ne dit jamais non.

— Jamais de la vie! Vous n'y connaissez rien! se rebiffa-t-elle, avec l'air offusqué d'une rebelle à qui on ne donne pas d'ordres.

— Et quoi encore? Je sais que je peux le faire! Laissez-la-moi! cria-t-il en empoignant l'engin.

— Ça suffit, espèce de tomo imbécile! Enlevez vos sales mains de mon pur-sang.

— Pur-sang? Cette minable trottinette n'est qu'un canasson que vous astiquez avec soin, voilà tout!

Monsieur Zatan avait franchi la limite. Sa sœur aimée le poussa par terre et saisit sa très chère trottinette. Il y eut un moment de silence. C'était leur première querelle fraternelle. Monsieur Zatan se redressa péniblement.

— Maintenant, vous vous logez à l'arrière et vous vous agrippez. Sinon, vous restez ici, dit-elle fermement.

— Oui, tout de suite, acquiesça-t-il, penaud.

Madame Shupiwa se mit à rouler tranquillement. Comme toujours, elle accéléra en trombe une fois tourné le coin de la rue. C'est là que monsieur Zatan la fit sursauter.

— Woooooooohoooooooooo! hurla-t-il, le toupet au vent.

La conductrice faillit perdre le contrôle de son véhicule. Et maintenant, monsieur Zatan s'amusait à jouer au pendule; youpi d'un côté et hop de l'autre! La fillette mettait toute son énergie à garder son équilibre. C'était, comme qui dirait, de la trottinette extrême. Avant que la jeune fille y prenne vraiment goût, ils arrivèrent, sains et saufs, au cinéma.

22

Coups de théâtre

Si jamais Gio ratait sa carrière de cinéaste, il pourrait embrasser la carrière de publicitaire, car il avait réussi à remplir la salle communautaire. La presque totalité des enfants du camp y était avec quelques parents. Oh, ce n'était pas une salle de luxe. Gio l'avait obtenue gratuitement d'un bon ami de sa mère, qui gérait l'endroit. La peinture s'écaillait des murs et l'air climatisé ne fonctionnait pas toujours, mais il y avait des bancs en nombre suffisant, et c'était tout ce qui comptait. Madame Shupiwa prit place dans l'un des rares sièges libres et força monsieur Zatan à faire de même. En professionnel, Gio se présenta pile à l'heure. Il apparut avec un sac de graines de tournesol à la main.

— Hmm – pfff, pff, dit-il tout d'abord, en crachant des écales. Et il poursuivit timidement d'une voix faible par humm, humm, bienvenue à ma projection et – pff, pff – merci d'être venus – pff. Je voulais remercier…

Il n'eut pas le temps de terminer sa phrase. Deux hommes en complet le rejoignirent sur la scène. Un gros et un petit. Le Gros avait des petits yeux de cochon et des cheveux noirs aplatis sur sa tête bouffie. Quelques gouttes de sueur perlaient sur son front, car il commençait à faire chaud dans la salle. Le Petit avait de longs cheveux bruns frisés et des gros yeux de grenouille. Il est ici superflu de dire qu'ils étaient laids, et même grotesques. Mais ils avaient l'air sérieux. Très sérieux. Le Gros prit la parole :

— Nous sommes ici pour interrompre la projection du film.

— Mais… elle n'est même pas commencée ! Pfft, s'exclama Gio en crachant une écale.

— Euh, oui, enfin, nous sommes ici pour stopper la présentation du film, annonça le Gros.

— C'est-à-dire plus précisément pour interdire la projection du film, voilà ! rectifia le Petit.

Un murmure lourd d'inquiétude parcourut la salle. Gio s'étouffa avec ses graines de tournesol. « Pourrrriiiiis ! » cria quelqu'un du fond de la salle. C'était monsieur Zatan qui, debout sur une chaise, émettait son opinion.

— Qui… kh-kh qui êtes-vous kh ? demanda Gio en toussant.

— Nous sommes les avocats de monsieur Hamur de la Trine.

— Et qui c'est… kh… ce monsieur ?

— Un homme respectable qui nous a engagé pour faire triompher ses droits.

— C'est-à-dire ? dit Gio d'un air perplexe.

— En vertu du code de loi 1123, nous avons obtenu de la cour une injonction qui vous défend de présenter ce film à cause de l'atteinte à la réputation de mademoiselle Félicité de la Trine, débita le Gros en un souffle.

— Ah, je vois. Bien, acquiesça Gio aussi calmement que si on venait de lui annoncer que son lacet était détaché.

— À bas les capitaliiiiistes! entendit-on de la salle. Gio crut reconnaître une fois de plus la voix de monsieur Zatan.

— Mesdames et messieurs, je regrette de vous annoncer que nous devrons reporter notre projection, annonça Gio en se tournant vers la foule.

Les spectateurs sortirent tranquillement. Ce n'était manifestement pas le même public que celui des combats de robots qui aurait, lui, mis le feu à l'endroit. Monsieur Zatan et madame Shupiwa sortirent les premiers et attendirent Gio. Entre-temps, Annisse et monsieur BolaBola, les rejoignirent.

— Hé, hé! C'est monsieur BolaBolaBolaBola et le doux Annisse! cria monsieur Zatan, qui se comportait de plus en plus comme un ivrogne.

— Hmm, oui, bonjour monsieur Zatan, répondit poliment Annisse.

Annisse se dirigea droit vers madame Shupiwa avec qui il entreprit une discussion tout en chuchotements.

— Son état s'aggrave! lui dit-il à l'oreille en forçant la voix.

— Je sais. Je dois l'emmener voir un spécialiste.

— Il y en a un près de chez moi, marmonna-t-il.

— Il y a un prêtre chez vous? répéta la jeune fille aux oreilles encrassées. Que voulez-vous que ça me fasse?

— Pardon? répondit-il, étonné.

— QUE voulez-vous que ça me FASSE? hurla-t-elle dans la pauvre oreille rose d'Annisse.

— Eh bien, si c'est comme ça que vous le prenez, débrouillez-vous toute seule! hurla-t-il à son tour.

Voilà qui mettait les choses au clair dans l'esprit de madame Shupiwa: Annisse était bel et bien idiot. Après quelques minutes d'attente trompées en écoutant monsieur Zatan chanter des chansons grivoises, Gio finit par arriver, tout joyeux. Son amie accourut vers lui:

— Comment allez-vous, Gio? Je suis tellement désolée pour vous!

— Eh bien, pas – pfft – moi! dit-il.

— Mais votre film! Kaput, pas de représentation! déplora-t-elle en haussant les sourcils.

— Pas pour l'instant, mais il se trouve que j'ai eu une idée, répondit-il fièrement.

— Dites, dites, vous allez faire un coup à miss Calamité?

— Je vais faire un coup publicitaire. J'ai téléphoné à un journaliste, et demain matin il y aura un texte sur l'incident de ce soir dans le journal.

— Ooouh! Vous êtes brillant, monsieur! déclara madame Shupiwa, admirative.

— Bof, ce n'était qu'un réflexe…

— Parlant de réflexe, monsieur Zatan en a de drôles par les temps qui courent, dit-elle en baissant la voix.

— Oui, j'ai remarqué, pfft. Il est – pffft – plus sympathique que jamais !

— Justement, ce n'est pas normal. Je dois l'emmener chez le réparateur. Vous en connaissez un ?

— Je sais qu'il y en a un près d'ici, car j'ai vu l'affiche. Annisse doit le connaître, je l'ai vu entrer dans son commerce il n'y a pas si longtemps.

— C'est bien ce que je croyais : il est idiot !

Gio ne demanda pas d'explication, car il croyait lui aussi qu'Annisse était idiot à ses heures. Il fut cependant surpris de voir qu'Annisse décide de les accompagner chez le réparateur.

C'est ainsi que toute l'équipe des Tournesols souriants se dirigea vers le bureau du médecin de robots. Il était situé sur une rue commerciale, entre un magasin de chaussures et un casse-croûte. La porte d'entrée se situait en retrait de la façade, dans une espèce de cavité. Monsieur Gio voulut y pénétrer le premier, mais il se frappa la tête contre un mur invisible.

— Aïe ! Mais c'est dangereux, ce mur !

— Oh ! Pardon monsieur Gio, j'avais oublié de vous mentionner cette épaisse porte de verre, lui mentionna Annisse avec un sourire en coin.

— Je vais me réveiller avec un bleu sur la figure demain matin, c'est sûr ! gémit-il.

— Bah, ce n'est pas grave, vous n'aurez qu'à dire que vous vous êtes battu et bagarré dans une bagarre, comme l'a fait Annisse lui suggéra monsieur BolaBola, sans se rendre compte qu'il venait de trahir son frère. Celui-ci se dépêcha d'ailleurs de détourner l'attention.

— Bon, nous sommes ici pour entrer, oui ou non? s'exclama-t-il en rougissant. Voyez donc comment on entre ici et notez bien l'utilisation de ce nouveau type de verre.

Annisse connaissait ce bureau d'expert non seulement parce qu'il y était déjà allé, mais aussi parce que son père y connaissait tout le monde. Annisse étant déjà un client, il n'eut qu'à poser son pouce sur un détecteur spécial afin d'être reconnu. Il n'avait pas sitôt enlevé son doigt que la porte se mit à ramollir.

— Maintenant, dépêchez-vous de franchir la porte, car nous avons seulement dix secondes. Et ne vous étonnez pas si vous avez l'impression de passer à travers du sable. Cachez-vous le visage! expliqua rapidement Annisse en franchissant la porte tout en se protégeant la figure pour éviter d'être touché par le « sable » très fin et transparent.

Après avoir franchi cette première porte, on se trouvait dans le vestibule plutôt sombre. Sans le savoir, les clients y étaient inspectés par des détecteurs d'armes. La propriétaire de la clinique, docteur Watson, ne lésinait pas sur les précautions. Sa grande prudence n'était pas excessive, car l'inventaire de pièces et d'équipements qu'elle détenait valait une fortune. D'ailleurs, elle avait déjà été victime, peu de temps après l'ouverture de sa clinique, d'un vol qui avait failli la ruiner. Voilà pourquoi n'entrait pas qui voulait dans ce bureau qui avait maintenant des allures de coffre-fort. Heureusement, l'équipe des Tournesols souriants était composée de membres pacifiques. Ainsi, les détecteurs ne détectèrent rien. Une porte blindée en acier s'ouvrit et laissa voir un espace petit, mais somptueux. Les murs métalliques brillaient comme des miroirs. La lumière était d'une blancheur parfaite et d'une douceur étonnante. Une femme aux courts cheveux blonds et aux traits harmonieux était assise à un bureau d'acajou. Elle souriait aux nouveaux arrivants. Madame Shupiwa se présenta en compagnie de son frère malade.

— Bonjour, je suis une amie de monsieur Annisse.

— Oui, Annisse. Je sais, c'est lui qui vous a fait pénétrer ici. J'ai toutes les informations sur mon système.

— Bonjour madame, dit Annisse, un peu troublé.

— Bonjour mon petit. Maintenant, que puis-je faire pour toi, jeune fille, dit doucement la dame en se tournant vers madame Shupiwa. Cette dernière s'avança au-dessus du bureau et prit un ton de confidence, car elle ne voulait pas que son frère l'entende.

— Mon tomoto est malade, je crois. Et cela ne me surprendrait pas qu'il y ait de la Miss Calamité là-dessous ! Je n'ai jamais vu une méchante fille comme elle ! Quelle calamité ! Oui, c'est miss Calamité ! Oh, comment ai-je pu la croire ! s'enflammait madame Shupiwa en battant le pauvre bureau d'acajou avec son puissant index. La dame la regardait, interloquée. Elle crut bon de remettre madame Shupiwa à l'ordre.

— Oui, cela semble bien dramatique, en effet. Cependant, vous disiez que votre tomoto était malade ?

— Oh, oui, pardon, dit-elle un peu honteuse de s'être laissée emporter de la sorte. Oui, il sentait les crêpes flambées ce matin. Il n'est plus le même soudainement.

— Bien. Cependant, je dois vous avertir que docteur Watson a fini sa journée et je ne suis pas sûre qu'il sera possible d'obtenir une consultation ce soir.

— Bien sûr, je comprends, répondit doucement madame Shupiwa.

— Je vais aller voir. Attendez-moi un instant, lui dit la jolie dame.

— Oh, merci madame.

La dame se dirigea vers la porte au bout du couloir. Elle y cogna puis attendit un long moment au bout duquel elle put finalement parler au docteur. Comble de chance, la secrétaire ramena docteur Watson. C'était une splendide jeune femme aux longs cheveux bruns. Ses grands yeux brun foncé lui donnaient l'air d'une biche. Lorsqu'elle aperçut Annisse, son visage s'éclaira.

— Bonjour, mon petit Annisse! Comment vas-tu? dit-elle en lui caressant les cheveux.

— Bien, très bien, docteur Watson, répondit Annisse en savourant son heure de gloire.

— Et comment va ton cher père?

— Oh, toujours occupé!

— Quel inventeur! Quel bonhomme! Il faudrait bien que je lui rende visite, songea-t-elle… Bon, que puis-je faire pour toi? demanda-t-elle en croisant les bras.

— Enfin, c'est plutôt pour une amie. C'est madame Shupi, ici, qui est la sœur de monsieur Zatan.

— Elle a un problème?

— Oh, docteur, ne m'en parlez pas, répondit monsieur Zatan. Ma chère sœur m'interdit de faire des cabrioles sur la trottinette! Et ce n'est pas tout! Je n'ai pas le droit non plus de…

— Bon, d'accord, entrez dans mon cabinet, dit la docteur, qui avait tout compris.

Messieurs BolaBola, Annisse et Gio s'apprêtèrent à suivre leur amie. Docteur Watson leur fit comprendre gentiment qu'ils étaient de trop. Ceux-ci restèrent donc gentiment dans la salle d'attente à se faire des grimaces dans les murs-miroirs.

Docteur Watson fit entrer les patients dans son cabinet. Madame Shupiwa lui expliqua à nouveau les symptômes qu'elle avait observés chez son frère. Le tomoto fut placé sur une table où il fut connecté par le lobe d'oreille.

— Vois-tu, jeune fille, je branche ton tomoto à un ordinateur spécial. Cela me permettra de voir l'intérieur de son cerveau sans que j'aie à l'ouvrir.

— Oh, oh, on va s'amuser! s'exclama monsieur Zatan.

— En fait, monsieur Zatan, vous allez être un peu… absent… dans une… deux… trois secondes, dit-elle en actionnant un interrupteur. Monsieur Zatan ferma automatiquement les yeux.

— Je viens de réduire le courant bio-électrique qui circule chez monsieur Zatan, précisa-t-elle en se retournant vers madame Shupiwa. Il est en quelque sorte en hibernation, expliqua-t-elle. Puis, elle siffla. Un écran géant prenant la moitié du mur s'alluma et un bonhomme sourire formé de deux points et d'une courbe s'y anima :

— Bonjour patronne, dit le bonhomme sourire de sa voix nasillarde. Je croyais que la journée était terminée. On fait des heures supplémentaires?

— Depuis quand tu poses des questions? Allez, mets-toi en mode exécution, somma-t-elle en riant.

— Oui patronne. Mode exécution.

— Balayage du système d'opération. Exécution! ordonna la docteur, d'une voix forte.

— Exécution, répondit de nouveau la machine.

— On entendit un léger sifflement qui dura une minute. Madame Shupiwa essayait de comprendre la tempête de couleurs et de chiffres qui s'affichait sur l'écran, mais en vain. Docteur Watson, quant à elle, fronçait les sourcils en faisant des « mmmh, mmmh »

— Balayage du système d'opération terminé, dit le personnage de l'écran.

— Merci. Maintenant, quadrant sud-est. Exécution, commanda-t-elle.

— Sud-est. Exécution, confirma la machine.

Une fois de plus, des couleurs et des chiffres s'affichèrent pendant plusieurs minutes sans que la jeune fille y comprenne quoi que ce soit.

— Sud-est terminé, dit encore l'écran.

— Bien !

Docteur Watson se retourna vers madame Shupiwa et l'invita à s'asseoir dans le fauteuil à droite de la table. Elle essaya de lui sourire.

— Voici la situation, commença-t-elle en se raclant la gorge : le centre de sauvegarde de monsieur Zatan est endommagé. Ce système rendait monsieur Zatan obéissant et prudent. Comme tu l'as sûrement observé, il est de moins en moins prudent et quelque fois désobéissant. Son état va se dégrader ; il deviendra de plus en plus délinquant et de plus en plus hardi. Cela nécessitera une surveillance continuelle. Je crains que, pour sa propre sécurité, il doive même séjourner dans un institut spécialisé.

— Mais, je peux le surveiller, moi! s'écria madame Shupiwa, qui ne voulait plus se séparer de son frère.

— Bien sûr. Cependant, un moment d'inattention de ta part et ton tomoto sautera du haut d'un balcon ou s'élancera au milieu d'un boulevard. Plus les jours avanceront, plus il cherchera le danger et les périls.

— Mais pourquoi ne le soignez-vous pas? Vous êtes experte, non? S'il vous plaît, c'est mon frère, il est si gentil! clama madame Shupi au bord des larmes.

— Il y a une solution, mais elle te jettera dans un dilemme insoutenable, répondit-elle calmement.

— Eh bien ce sera mon dilemme, voilà tout! Dites-moi, je veux savoir!

La belle jeune femme hésita longuement.

— La seule personne qui puisse le sauver est son concepteur. Lui seul connaît le code et les éléments nécessaires pour restaurer complètement le centre de sauvegarde de ton tomoto.

— Eh bien, la voilà la solution! Pourquoi ne m'en parliez-vous pas plus tôt? lui dit-elle en pensant qu'elle était bien bête.

— Parce que son concepteur est probablement au Japon et qu'il sera difficile de le joindre. En plus, pour que monsieur Zatan fasse le voyage en toute sécurité, je devrai le rafistoler. J'appliquerai une espèce de pansement qui vous le rendra tel que vous le connaissiez, obéissant et prudent. Plus vite le pansement sera appliqué, meilleures sont mes chances de réussite. Cependant, pour l'avoir déjà testé, je sais que ce pansement ne dure que deux mois. Chaque jour qui passera, il sera moins efficace. Et voilà le problème : à l'échéance, ce pansement sèchera et votre tomoto ne sera plus réparable.

— C'est un coup de dé, alors, résuma madame Shupiwa. J'ai donc deux mois pour trouver son concepteur.

— Oui, c'est exact. Si vous le voulez, je vous donne ses coordonnées, dit-elle en se retournant vers l'écran. Concepteur, exécution ! ordonna-t-elle à nouveau.

— Taki Kamo.

— Lieu de conception, exécution !

— Kyoto.

— Merci, ce sera tout. Terminé.

— Terminé ! À demain, patronne !

L'écran s'assombrit jusqu'à redevenir mur, laissant le silence régner comme un souverain impitoyable.

— Alors, que décides-tu ? lui demanda docteur Watson en s'asseyant sur son bureau.

— Vous pouvez m'attendre un instant ? répondit madame Shupiwa en se levant.

— Oui, mais fais vite, répondit-elle en lui ouvrant la porte.

La fillette retourna au bureau de la secrétaire. Elle demanda à la jolie blonde la permission de téléphoner et composa le numéro du téléphone cellulaire de sa mère. Deux coups de sonnerie se firent entendre.

— Oui, allô ? fit sa mère agacée, comme si elle pressentait le but de l'appel.

— Maman, c'est moi.

— Mais tu n'es pas au cinéma ?

— Maman, écoute-moi… tu sais, je m'ennuie de papa et j'ai vraiment très envie d'aller le voir au Japon ! lâcha-t-elle précipitamment. C'était un énorme mensonge, mais madame Shupiwa se disait qu'il valait la peine d'être testé. Malheureusement, l'énormité de la chose fit s'étouffer sa mère.

— J'espère que tu es contente, maintenant ! J'ai taché la robe blanche d'une copine en m'étouffant avec ma gorgée de vin rouge. Qu'est-ce que c'est que cette histoire de Japon ? C'est une blague encore ? Tu n'as rien d'autre à faire que de me faire fâcher ? s'exclama sa mère.

— Cette tache sur la robe de ta copine est un accident tragique, mais il y a plus tragique encore. Voilà : je suis chez le réparateur de tomoto. On vient de me dire que je dois aller au Japon rencontrer le concepteur de monsieur Zatan si nous voulons qu'il survive, expliqua-t-elle, la voix tremblante d'émotion.

— Tiens, une autre histoire rocambolesque. Il n'est pas question que tu ailles nulle part ! Je te somme de retourner tout de suite à la maison !

Bien entendu, sois prudente sur la route et sois polie! À bientôt, compris?

— Mais maman, il s'agit d'une question de vie ou de mort! s'écria madame Shupiwa.

Sa mère avait raccroché. Madame Shupiwa soupira et remit lentement le combiné en place. C'était clair, limpide, transparent: sa mère oscillerait entre placer son tomoto dans une institution ou le lancer elle-même du haut d'un pont. La jeune fille traîna ses semelles jusqu'au cabinet du docteur Watson. Arrivée devant la porte, elle y appuya la tête et ne bougea plus. Le sang bouillait dans ses veines. Elle se demandait sincèrement si son été continuerait longtemps à n'être qu'une série de frustrations. Elle avait la forte tentation de donner un énorme coup de pied dans la porte. Non, pas un coup de pied, deux! Deux énormes coups de pied! Cette porte payerait pour tout ce qui l'accablait depuis ce réveil brutal, il y avait très exactement neuf jours.

Madame Shupiwa agrippa furieusement la poignée de la porte. Elle serra les dents.

Mais au lieu d'être bottée, la porte fut ouverte avec conviction.

«Appliquez le pansement, docteur, nous partons pour le Japon» claironna madame Shupiwa.

23

La lune porte conseil

Ainsi madame Shupiwa avait préféré le coup de tête au coup de pied. Résultat : ce ne fut pas la porte, mais le destin qui se fit botter le derrière.

Quoi qu'il en soit, malgré la décision lourde de conséquences qu'elle venait de prendre, la jeune fille se sentait légère comme de la mousse. Elle marcha ou plutôt flotta jusqu'à l'entrée. Voyant cela, Gio et Annisse vinrent à sa rencontre, sûrs qu'ils entendraient une déclaration renversante. Quand ils apprirent ce que nous savons déjà, ils poussèrent un « ouf ! » qui faillit faire éclater leurs joues ! Ni l'un ni l'autre n'osa l'admettre, mais ils enviaient leur amie. Partir au Japon ! Partir n'importe où, mais partir ! L'aventure ! La gloire ! La fortune ! Bon, enfin, peut-être pas, mais tous les espoirs étaient permis ! Les garçons s'emballaient déjà : pourquoi ne pas tout simplement accompagner leur amie au lieu de bêtement l'envier ? La secrétaire du docteur Watson coupa court à leurs rêveries. C'était l'heure de fermeture. Tous devaient maintenant rentrer à la maison.

Madame Shupiwa se sentit toute drôle de rouler sans monsieur Zatan pour l'embêter. À vrai dire, elle avait le cafard. Mais avait-elle du temps à perdre avec son chagrin, alors qu'elle devait se préparer à une âpre bataille ? Oh, car sa mère l'attendait de pied ferme à la maison. Comment diable réussirait-elle à obtenir sa bénédiction pour ce voyage ? Oh, car de mémoire de jeune fille, rarement avait-elle vu sa mère changer d'avis.

Même si elle était fort concentrée sur son problème, la trottinettiste n'avait pas manqué la splendide lune qui s'offrait à elle. Il aurait fallu réfléchir à un sacré problème pour ne pas l'avoir aperçue : d'une rondeur parfaite, d'un orange pastel, d'une immensité déconcertante, elle paraissait irréelle. Madame Shupiwa se sentait aspirée par cette masse hypnotisante qui semblait occuper la moitié du ciel. Une paix intérieure l'envahit peu à peu, jusqu'à ce qu'elle ne sente plus le besoin de réfléchir. Au bout de quelques minutes soumise à ce magnétisme, madame Shupiwa afficha un sourire satisfait. Elle se remit à siffler, car une solution lui était apparue comme la lune : éclatante, triomphante et pourtant douce. Elle arriva donc sereine à la maison. Avant d'entrer, elle lança un regard reconnaissant à son inspiratrice, sa majesté l'astre de la nuit.

Elle trouva sa mère en train de se brosser les dents. Celle-ci se retourna vers sa fille et lui adressa des yeux de loup.

— Tu chais que cha ne vaut même p'has la p'heine d'en disc'huter! lui dit-elle tout de go en parlant e-xac-te-ment comme quelqu'un qui a la bouche pleine de pâte à dent.

— Voyons, maman, ne t'énerve pas comme ça, tu vas t'étouffer! lui répondit madame Shupiwa en affichant une bouille sympathique.

— M'étou'hfer? T'hu m'as déhà achez f'hait étouf'her pou' la choirée! hurla-t-elle.

— Que tu es naïve, maman! Mais le Japon, c'était une blague! Il ne faut pas croire tout ce qu'on te dit, voyons! insista madame Shupiwa en laissant lourdement tomber les bras.

— Bon, je préfère cela, répondit naïvement sa mère, qui venait encore de croire à tout ce qu'on lui disait et qui s'était enfin rincé la bouche.

— Je voulais mettre un peu de piquant dans ta vie! badina la jeune fille en faisant une mine coquine.

— La prochaine fois, trouve une autre idée! Le seul piquant que je tolère est la sauce mexicaine, et encore! Au fait, où est ton frère? demanda-t-elle en parcourant la pièce des yeux.

— Je te l'ai dit, ce sale tomo, il est en réparation, répondit madame Shupiwa avec un air insouciant, mais guettant sa mère du coin de l'œil.

— Mais, alors, c'est vrai, cette histoire? s'étonna sa mère.

— Bien sûr que oui! Le réparateur me le redonne demain.

— Mais il survivra, alors…

— Comme je te l'ai dit au téléphone, il survivra deux mois.

— Deux mois! Mais il m'a coûté la peau des fesses, ce tomoto!

— Pauvre maman… dit madame Shupiwa, pleine de l'espoir que finalement sa mère l'enverrait au Japon pour ne pas perdre son investissement.

— Mais ça ne se passera pas comme ça! Je vais poursuivre le fabricant! Voilà ce que je vais faire! Ils me redonneront mon argent ou un tomo tout neuf!

— Bien dit maman! répondit madame Shupiwa en cachant sa déception. Il était clair que ce n'était pas le moment mentionner à nouveau le Japon. Il ne fallait jamais plus mentionner le Japon.

— Bon, assez parlé ma chérie, je dois aller dormir, tu sais, j'ai une autre grosse journée qui m'attend demain.

— Oui, bonne nuit maman, soupira-t-elle en se rendant à sa chambre.

Madame Shupiwa n'alluma même pas la lampe. Elle s'affala sur son lit et se laissa baigner par la lumière de sa bonne conseillère, la lune. Elle tomba vite dans un sommeil profond: celui du guerrier confiant en la victoire.

Le lendemain, notre combattante était gaie comme un pinson. Sa maman attribua cette attitude à l'absence du « sale tomo » et était loin de se douter des plans de sa chère fille. Cette dernière se donnait d'ailleurs la journée tout entière pour peaufiner sa stratégie infaillible, car partir au Japon sans l'accord, encore moins sans l'aide et pire, à l'insu de sa mère, ne représentait pas une mince tâche. Premièrement, il fallait avertir son père de son arrivée là-bas, sans qu'il ait la mauvaise idée d'en parler à sa mère. Deuxièmement, il fallait acheter des billets d'avion. Troisièmement, il fallait trouver l'argent pour les billets. Bref, il fallait beaucoup de choses. C'est ce à quoi madame Shupiwa pensa durant le trajet qui la menait au camp.

Elle fut surprise de l'accueil qu'elle reçut à son arrivée. Toute son équipe, à part monsieur Zatan, bien sûr, l'attendait à bras ouverts. Gio ouvrit le bal.

— Bonjour, madame Shupi, comment allez-vous? s'enquit-il avec son meilleur sourire.

— Mieux que jamais! lança madame Shupiwa en fonçant comme un rouleau compresseur muni d'un moteur à réaction.

— Vous savez, madame Shupi, il se passe que justement – et qu'elle coïncidence me direz-vous – il y a un camp spécial de karaté qui se déroulera bientôt au Japon, annonça Gio en levant les bras pour montrer sa joie.

— Et moi, il se trouve que justement mon père a besoin d'un porteur pour un produit très spécial qui doit être livré en mains propres au Japon!

ajouta Annisse en passant peu subtilement devant Gio.

— Et peut-être que je pourrais possiblement aller me faire soigner, moi aussi. Voilà une autre bonne excuse... euh, je veux dire raison, pour vous accompagner, ajouta monsieur BolaBola.

— Bien, grand bien vous fasse, répondit madame Shupiwa un peu décontenancée et, disons-le, embêtée. Elle aurait été fort contente de partir avec ces messieurs pour un voyage officiel au Japon. Toutefois, cette équipée clandestine s'embarrassait mal de trois autres compagnons, car ceux-ci pourraient la trahir par mégarde. Elle pressa le pas pour éviter la discussion, laissant derrière elle des coéquipiers pantois.

Gio et Annisse, suivis de monsieur BolaBola, poursuivirent madame Shupiwa jusque dans la salle de cours. Ils avaient commencé à se quereller sur le mérite de chacun en tant qu'accompagnateur. Ils purent se disputer à leur aise, car monsieur de la Rochemande était en retard. Tout cela échappait à madame Shupiwa, qui avait évidemment la tête ailleurs. Elle mit à profit la demi-heure d'attente offerte gracieusement par le moniteur et trouva une solution à son problème d'argent. Cependant, le problème d'achat des billets lui, restait entier. Elle eut beau penser, réfléchir, analyser, décortiquer, rien ne venait. Il fallait obtenir ces billets sans que sa mère n'en voie même la trace, n'en sente même l'odeur. Accoudée sur la table, la tête entre les mains, elle donnait l'impression d'un moine en prière. Un terrible rugissement la sortit brutalement de son petit monde.

— Salut mes jeunes campeurs! C'est moi! Moi, Raoul de la Rochemande, qui vous fouette avec ce rugissement de fauve! Pourquoi? Parce qu'après le cours d'aujourd'hui, vous serez des lions de la gestion du temps! Aujourd'hui, nous allons apprendre tout le sens du mot «efficacité»! annonça le moniteur en articulant soigneusement «efficacité». Vos parents connaîtront la joie de vous voir prêts avant eux le matin! Nous allons revoir chaque geste que vous posez, pour l'étudier et le rendre plus «efficace»! Fini les pertes de temps et donc fini les retards de toutes sortes! Efforts minimums, résultats maximums!

Le moniteur parlait vite, ne donnant à personne l'occasion de demander pourquoi le roi de la gestion du temps lui-même était en retard ce matin-là.

— Ainsi, ce matin, je choisirai un candidat, annonça-t-il en claquant des doigts. Nous étudierons son emploi du temps et nous le rendrons plus… efficace! Je vais tirer au hasard un nom parmi ceux figurant sur ma liste. Attention… j'y vais comme ça, au hasard…Voilà! Alors, j'invite Félicité à me joindre à l'avant. On l'applaudit, je vous prie!

La classe obéit immédiatement, et battit des mains avec force. La terriblement jolie mais terriblement vilaine blondinette se leva lentement et

225

marcha vers l'avant de la classe. Sa robe d'été en soie rose et son délicat collier de fleurs donnaient l'impression que Félicité venait de décrocher un emploi de fée des forêts. Ses cheveux dorés tombaient sur ses épaules, sauf une mèche qui s'était égarée dans sa boucle d'oreille en forme de goutte d'eau. Monsieur de la Rochemande la fit asseoir sur une vieille chaise de bois. Il entama alors la discussion.

— Félicité, veuillez, je vous prie, me donner votre emploi du temps de ce matin.

— Bien sûr, mais je tiens à préciser que certains détails confidentiels seront omis, avisa-t-elle, un peu hautaine.

— Oh, oh, bien sûr, vous n'êtes pas obligée de nous raconter toute votre vie, eh, eh…

— Je l'espère, car sinon mes avocats en seraient immédiatement informés.

Monsieur de la Rochemande se mit à rire avec bonhomie tellement la chose lui paraissait invraisemblable.

— Alors, commençons par votre réveil, demanda gentiment le moniteur.

— Oui, alors, mon réveil-matin sonne et je me lève immédiatement. J'arrête la sonnerie, j'enfile les vêtements que j'avais déjà choisis et préparés la veille, je mange mon déjeuner qui est toujours prêt au moment même où j'arrive à table, grâce aux soins de ma maman…

Décidément, Félicité était parfaite en tout. Monsieur de la Rochemande aurait voulu améliorer sa routine, mais ce n'était pas possible. Son plan de cours était en train de s'effriter.

— Merci, merci, Félicité. Voilà un exemple d'efficacité par-fai-te. Je vais maintenant choisir au hasard un autre candidat, le premier nom qui me vient en tête… tiens, Annisse.

Monsieur de la Rochemande voulait jouer gagnant. Il aurait, il en était certain avec Annisse, assez de corrections à apporter pour franchir le cap des deux heures de cours.

— Alors, Annisse, à votre tour.

— Eh bien, moi, c'est pareil que pour ma camarade mademoiselle Félicité. Avant de me coucher, le soir, je… je… je planifie tout! J'ai une boîte spéciale où je range tous mes vêtements pour le lendemain. Et même mon déjeuner y est! Oui, voilà! Ainsi… ainsi que ma brosse à dents, sur laquelle j'ai déjà mis de la pâte dentifrice! raconta le trop orgueilleux Annisse.

Monsieur de la Rochemande se frotta rageusement le menton avec l'index, puis étouffa un grognement.

— Tiens, nous avons deux êtres parfaits dans cette classe! Vraiment, c'est exceptionnel! hurlat-il avec un sourire qui tenait plus de la grimace furieuse que de la joie.

— Moi, je ne suis pas parfait! affirma Gio, venant au secours du professeur.

Monsieur de la Rochemande sauta de joie comme un écolier à qui l'on donne un après-midi de congé. Il se débarrassa vite d'Annisse pour accueillir chaleureusement Gio :

— Bien, mon bonhomme, alors, on me raconte le début de cette journée ? lui proposa-t-il d'un ton amical.

— Précisément cette journée, aujourd'hui ? demanda Gio en levant les sourcils.

— Eh bien oui, pourquoi pas !

— D'accord. Alors, le réveil a sonné, mais j'étais déjà éveillé.

— Moui, bon. Ça, c'est plus qu'efficace ! Ne me dites pas que vous allez surpasser vos deux autres camarades ! s'inquiéta monsieur de la Rochemande.

— Mais ce n'est pas comme cela tous les jours, seulement aujourd'hui.

— Ffff, comment vais-je survivre à cette journée ? soupira le moniteur. Puis il se ressaisit : Bon, eh bien, les jours où vous ne vous réveillez pas immédiatement quand le réveil sonne, vous perdez du temps ! Alors, première règle : « *Debout quand on entend le coucou !* » clama-t-il, très content de sa formule.

— Ensuite, poursuivit Gio, j'ai demandé à mon papa qu'il me lise le journal.

— Et c'est comme ça tous les jours ? Ma foi, vous m'impressionnez, mon cher.

— Non, seulement aujourd'hui. Vous comprenez, il y a une affaire qui m'intéressait particulièrement, et…

— Un mot de plus et j'appelle mes avocats! prévint sèchement Félicité.

— Parlant d'avocats, mademoiselle Félicité, est-ce légal d'être aussi vilaine que vous l'êtes? riposta Gio avec un malin sourire.

— Maintenant, ça suffit! cria monsieur de la Rochemande à bout de nerfs. Gio, puisque ce n'est pas comme ça tous les jours, dites-moi comment c'est les autres jours!

— D'habitude, je vais chercher mon sac de graines de tournesol que je mange accompagné d'un verre de lait.

— Eh bien voilà où j'interviens: pour économiser du temps, votre sac de graines de tournesol devrait déjà se trouver sur la table, accompagné de votre verre, prêt à recevoir le lait au matin! Nous avons déjà ici une minute d'économisée!

— Oui, mais Peeson me jouerait sûrement un mauvais tour.

— Peeson? Qui est ce Peeson, maintenant? demanda monsieur de la Rochemande, agacé.

— C'est mon frère. Il a quinze ans.

— Et pourquoi vous jouerait-il un mauvais tour?

— Parce que c'est comme ça! C'est inévitable comme la morve au nez quand on a le rhume! Je ne me demande pas si le soleil va se lever le matin, comme je ne me demande pas si Peeson va me jouer un mauvais tour.

— Oui, bien sûr, un grand frère, c'est parfois peu commode, dit le moniteur songeur.

— Peeson a deux grands amis : Wert, son serpent, et Tô, son ordinateur. Le reste n'est que minable jouet pour lui, et je fais partie du reste.

— Oui, bon, je comprends, dit monsieur de la Rochemande avec une mine triste. Mais vous nous éloignez du sujet, mon petit ! Disons qu'en temps normal, il faut tout préparer la veille : déjeuner, vêtements, tout ! Alors, c'est ici que j'énonce ma deuxième règle : « *Tout préparer la veille, c'est sans pareil !* » s'exclama-t-il, encore plus content de cette devise que de la précédente.

Madame Shupiwa jubilait : mine de rien, cette leçon de monsieur de la Rochemande lui avait donné la clé pour obtenir ses billets d'avion vers le Japon. Enfin, le moniteur donnait une leçon… efficace !

24

Papa chéri

Le lion de l'efficacité finit par annoncer une pause en énonçant sa troisième règle : « *Le repos, c'est bon pour le coco !* » Madame Shupiwa se dit qu'elle ne manquerait pas d'en faire part à sa mère, car cela la convaincrait peut-être de l'envoyer se détendre chez sa grand-mère… une fois revenue du Japon, évidemment ! Mais il fallait d'abord y aller, au Japon.

Gio était seul près de la porte. Madame Shupiwa s'en rapprocha :

— Monsieur Gio, vous savez que je pars pour le Japon.

— Oui, et vous savez que ce voyage m'intéresse…

— Eh bien, nous allons voir à quel point, se réjouit madame Shupiwa, prête à faire un pacte.

— Madame Shupi, quel plaisir de pouvoir vous parler ! interrompit Annisse, qui ne voulait pas manquer une chance de faire valoir sa candidature pour le Japon.

— Oui… fit-elle, très contrariée.

— Avez-vous pensé à ce que je vous ai dit ce matin ? lui demanda-t-il, jovial.

— Oui, euh, non ! Pas encore ! bafouilla madame Shupiwa.

— J'avais oublié de mentionner que l'inventeur que je devrai rencontrer connaît plusieurs inventeurs japonais qui à leur tour connaissent sûrement des programmeurs de tomotos, voyez-vous ? renchérit Annisse.

— C'est que voyez-vous, je préférerais voyager léger…

— Ah bon, et vous me trouvez gros, j'imagine ? répondit-il, insulté.

La discussion s'arrêta là, car le cours de monsieur de la Rochemande reprenait. Madame Shupiwa devait maintenant attendre la fin de la journée pour parler à Gio. Cependant, au moment venu, monsieur Annisse se greffa encore une fois à leur tandem. Pour être seuls, ils n'eurent d'autre choix que de se donner secrètement rendez-vous le soir même, devant le bureau du docteur Watson.

Ce soir-là n'était pas soir à admirer la lune. Les nuages gris étaient si entremêlés qu'on ne pouvait les distinguer les uns des autres. Une brise du nord annonçait du mauvais temps. Madame Shupiwa arriva à l'heure dite et trouva Gio faisant le pied de grue devant la porte du bureau de docteur Watson.

— Bonsoir ! dit-il simplement.

— Bonsoir ! Vite, ne perdons pas de temps ! souffla madame Shupiwa, regardant à gauche et à droite tout en triturant les poignées de sa trotti-nette. Gio, j'ai besoin de vous, ct pour cela, je suis prête à accepter votre présence au Japon.

— Oh, c'est trop d'honneur, ironisa-t-il.

— Voilà toute la vérité : je vais au Japon sans l'accord de ma mère et donc sans qu'elle le sache.

— Voilà qui ajoute du piquant.

— Je crois bien réussir à trouver l'argent pour y aller, mais il me faut un moyen pour acheter mes billets.

— Et vous ne pouvez le faire vous-même ?

— Et comment ? Par téléphone ? On s'aperce-vrait bien que je suis une enfant ! Et avec l'ordina-teur, impossible ! Il n'est disponible que pour ma mère, expliqua madame Shupiwa, un peu exas-pérée.

— Alors ?

— Alors, je dois trouver quelqu'un qui puisse utiliser un ordinateur, mais qui ne dira rien à ma mère.

— Certainement pas moi ! Je suis dans la même situation que vous ! Vous voulez que mes parents s'en chargent ?

— Jamais de la vie ! S'ils venaient à rencontrer ma mère, ils lui en parleraient ! Qu'est-ce que je dis ! La première chose qu'ils feraient serait de téléphoner à ma mère !

— Alors, je ne peux rien faire pour vous.

— Au contraire, vous êtes la seule personne qui puisse m'aider. Vous avez à votre disposition quelqu'un qui sait utiliser un ordinateur et qui ne parlera certainement jamais à ma mère.

— Ha! Ha! Vous parlez de Peeson, mon grand frère? À ma disposition? Peeson est TOUT, sauf à ma disposition! Oh, non! Ça non! Ne croyez pas que je demanderai à mon frère!

— Je répète, vous êtes mon seul espoir, le seul espoir de monsieur Zatan, supplia madame Shupiwa, à défaut de battre savamment des paupières comme Félicité.

— De toute façon, je n'ai pas d'argent pour vous accompagner! Mon père me refuse ce camp de karaté. Trop cher, qu'il dit! Oui, c'est ça! M'appeler Gio, oui, à quoi cela sert-il?

— Mais, au fait, vous ne m'avez finalement jamais dit pourquoi vous vous appelez Gio, dit madame Shupiwa qui, lorsqu'on chatouillait sa curiosité, oubliait parfois l'essentiel.

— Ne vous l'avais-je pas dit? Mes parents sont des sportifs convaincus. Mon nom vient de…

— Eh bien, eh bien, quel heureux hasard! s'exclama Annisse en s'avançant rapidement vers eux.

— Oh, çà, oui, oui! C'est un hasard surprenant auquel nous ne nous attendions pas! renchérit monsieur BolaBola, derrière.

— Madame Shupi, je profite de l'occasion pour vous demander de m'avertir lorsque vous aurez fixé votre date de départ, car je dois me préparer, dit Annisse.

— Oui, oui, c'est ça, ça vient, ça vient, répondit vaguement madame Shupiwa.

— Si cela peut vous faciliter les choses, mon père pourrait contacter votre mère pour parler du voyage, suggéra Annisse.

— Surtout pas ! cria madame Shupiwa.

— Vous m'excuserez, dit Gio avec un air un peu sombre, mais je dois partir pour régler certaines affaires. Et il s'éclipsa rapidement.

— Et nous, nous continuons notre promenade, trompeta monsieur Annisse. À demain, chère coéquipière ! lança-t-il en saluant d'un geste bref.

Madame Shupiwa resta un moment immobile. Elle se demandait franchement comment finirait son projet ou même s'il allait jamais se réaliser. Elle secoua sa jolie crinière afin de chasser ses idées noires[1] et se dirigea vers le bureau du docteur Watson.

Monsieur Zatan était redevenu lui-même. Il attendait sagement à l'arrière du bureau de la secrétaire du docteur. Dès qu'il aperçut sa sœur, il s'élança vers elle les bras ouverts.

— Oh ! Ma sœur adorée, enfin vous voilà ! brailla-t-il en l'entourant de ses courts bras.

— Petit frère, vous m'avez l'air en pleine forme, observa madame Shupiwa en lui tapotant doucement la tête.

---

1. C'est bien connu que si l'on secoue fortement la tête, les idées noires sortent par les cheveux.

— Comment acquitterez-vous la facture, made-moiselle ? s'enquit la secrétaire.

— Oh, ce n'est pas moi qui paie, c'est ma mère. Voici son numéro de téléphone.

La jolie secrétaire s'appliqua sur-le-champ à contacter le portefeuille de madame Shupiwa. La conversation fut brève et efficace ; monsieur de la Rochemande aurait été content. Frère et sœur purent donc quitter la clinique rapidement.

Monsieur Zatan ignorait la raison de son séjour chez docteur Watson. Ainsi, il était somme toute assez joyeux. Madame Shupiwa fut rassurée lors-qu'elle l'entendit pousser ses premières jérémiades sur la trottinette : il avait bel et bien été réparé.

L'atmosphère était maintenant clairement à l'orage. Le vent s'était levé, il fallait vite rentrer à la maison. Mais une autre raison pour rentrer pressait encore plus la jeune fille : c'était le soir de l'appel de son père. Une fois par semaine, toujours à huit heures vingt précises, le téléphone sonnait. C'était invariablement son père. Pour rien au monde la tornade frisée n'aurait manqué cet appel ce soir.

Huit heures onze s'affichaient fièrement sur la grande horloge murale de la cuisine lorsque les trottinettistes firent leur entrée à la maison. Madame Shupiwa se versa tout d'abord un verre de lait. Elle en était à ouvrir la boîte de biscuits au chocolat artificiel quand sa mère fit irruption.

— Aahh, te voilà, toi ! rugit-elle.

— Oui, oui, me... me voilà, moi, balbutia la jeune fille, qui comprit tout de suite que sa mère n'était pas venue lui chanter la pomme.

— J'ai reçu un appel...

— Oui... râla madame Shupiwa, en pensant que le père d'Annisse avait téléphoné et que sa mère savait tout. La fillette essayait de ralentir le rythme de sa respiration afin de paraître calme.

Sa maman se dirigea vers la table et prit place devant le verre de lait. Elle en prit une gorgée qui lui fit une drôle de moustache blanche.

— Le bureau du docteur Watson, ça te dit quelque chose?

— Bien sûr, répondit madame Shupiwa en évitant d'émettre la moindre parole compromettante.

— Ils m'ont demandé de payer une somme qui m'a jetée par terre! Veux-tu me ruiner? Oh, je n'ai pas réagi et j'ai payé, pour ne pas paraître grippe-sou, mais je me demande comment tu oses dépenser mon argent sans rien me dire! C'est mon argent!

— Mais, je ne savais pas que c'était si cher, moi! plaida madame Shupiwa en regardant l'horloge qui marquait huit heures dix-neuf. Elle avait beau être faible en math, elle était tout de même capable de calculer qu'il ne restait pas beaucoup de temps avant l'appel tant attendu.

— Qu'est-ce que je suis pour toi, moi? Une poche sans fond? s'exclama sa mère alors que huit heures vingt arrivaient et que la première sonnerie se faisait entendre. Tu abuses de ma bonté !

— C'est papa ! Je vais répondre.

— Un instant, je n'ai pas fini ! hurla sa mère. Sa colère l'aveuglait à tel point qu'elle ne remarqua pas la précipitation inhabituelle de sa fille à répondre à l'appel de son père…

— Oh, quelle emmerde ! échappa madame Shupi, à bout de patience. La deuxième sonnerie se fit entendre.

— Et monsieur Zatan qui ne te corrige pas ! Vraiment, j'ai fait une bonne affaire en me procurant ce tomo : il me coûte la peau des yeux et il ne fait même pas son travail ! Ne dis pas : « quelle emmerde ! », dis plutôt : « que d'embêtements ! » gronda sa mère en enlevant ses chaussures pendant que le combiné crachait son dernier bip. Et puis, je vais resserrer les règles ici. Fini les folies ! conclut-elle sans plus expliquer. Elle prit une autre gorgée de lait avant de disparaître dans la salle de bain pour prendre un bain moussant aux électrons positifs.

Madame Shupiwa contempla silencieusement le téléphone. Peut-être allait-elle pouvoir le faire sonner grâce à un pouvoir surnaturel jusque-là ignoré ? Rien n'y fit. Elle donna un carré de sucre à monsieur Zatan et se coucha en attendant que toutes les oreilles indiscrètes soient endormies.

Une heure passa à espérer que sa mère finisse son bain, qu'elle se couvre de crème-miracle Fleur de peau et qu'elle aille enfin au lit. Il fallait ensuite attendre un autre cinq minutes pour qu'elle s'endorme. Enfin alors, madame Shupiwa put se glisser dans le salon, saisir le combiné et trotter jusqu'au balcon où elle était sûre de n'être pas entendue. Elle composa un numéro et espéra une réponse au bout de ces interminables bips.

— Bonjour, très chère fille, fit son père, qui avait reconnu le numéro apparaissant sur son combiné.

— Bonjour, papa! s'exclama madame Shupiwa en prenant grand soin de paraître enchantée.

— Il est fort rare que tu prennes l'heureuse initiative de me contacter, que se passe-t-il? dit-il de sa voix de professeur d'université.

— Eh bien, vois-tu, j'ai raté ton appel tout à l'heure.

— Une minute de plus et tu me ratais encore, car je partais pour l'université. Me voilà bien flatté de constater que tu as voulu me joindre, marmonna-t-il, impassible.

— Et tu seras bien content d'apprendre que je viendrai te visiter!

— Oh, quelle délicieuse surprise.

— Oui, je me suis dis que tu apprécierais et que j'apprécierais aussi, bien sûr! s'exclama madame Shupiwa en s'efforçant toujours de paraître enthousiaste.

— Je jubile, annonça-t-il d'un ton toujours aussi neutre.

— J'arriverais bientôt. Probablement dans quelques jours.

— Je déborde de joie.

— Viendras-tu me chercher à l'aéroport ?

— Tout à fait. Laisse-moi prendre ton numéro de vol en note.

— C'est que... je n'ai encore rien réservé. Vois-tu, je crois que maman voudrait venir avec moi, mais elle dit que c'est trop cher.

— Ah, la pauvre, est-elle dans une précarité pécuniaire[2] ?

— Mais non, elle n'est pas dans une précarité, elle est ici, dans son lit. Je me demandais si... tu pouvais m'avancer les fonds pour l'achat des billets.

— Euh, bien... connaissant ta mère, c'est qu'un litige pourrait poindre à l'horizon, avança-t-il, un peu refroidi, comme si cela était possible.

— Oh, tu m'agaces avec tes propos sibyllins ! lança-t-elle.

— Quel joli mot tu viens d'utiliser. Sibyllin. Je ne croyais pas que tu disposais d'une telle richesse de vocabulaire, s'étonna son père avec pour la première fois un peu de chaleur dans la voix[3].

— Bien entendu, mais...

— Mais je suis impressionné et enchanté. Et tu sais d'où vient ce mot, n'est-ce pas[4] ?

---

2. Précarité : difficulté. Pécuniaire : d'argent
3. La preuve n'est plus à faire, savoir utiliser le mot *sibyllin*, c'est jouer gagnant !
4. Cela vient du mot sibylle, femme des temps très anciens qui prédisait l'avenir en des termes obscurs

— J'imagine que… peut-être que oui, mais…

— Il n'y a pas de mais. Ne t'inquiète plus pour les fonds.

— Merci, papa! s'exclama madame Shupiwa, un peu surprise. À vrai dire, elle était étonnée que le travail se fasse si facilement.

— Et d'ailleurs, ne t'inquiète pas pour l'achat des billets, je m'en occupe.

— Oh, c'est génial, papa! dit-elle, ravie de voir tous ses problèmes fondre comme du beurre au soleil.

— Allez hop[5]. Un billet à ton nom, et un billet au nom de ta maman.

— Il y aura mon nom sur le billet? interrogea madame Shupiwa.

Ce n'était pas une bonne nouvelle, car le deuxième billet, on l'a deviné, n'était pas vraiment réservé à sa maman, mais à monsieur Zatan! Si le nom de sa maman apparaissait sur le deuxième billet, il serait impossible de l'utiliser pour le tomoto! Madame Shupiwa pourrait toujours dire à son père de commander trois billets d'avion, mais elle hésitait à lui faire dépenser tout cet argent, car après tout, son papa était prof d'université, pas président de compagnie! Et en plus, elle trouvait qu'elle avait assez raconté de mensonges comme ça.

---

5. Non, pas de point d'exclamation : vous le voyez, vous, le papa de madame Shupi en train de s'exclamer?

— Bien sûr qu'il y aura ton nom sur le billet. Il n'y a que le détenteur du billet qui puisse l'utiliser, ne le savais-tu pas? demanda doucement son père.

— Oh, oui, où avais-je la tête, répondit la fillette en constatant qu'elle était dans le pétrin.

— Alors je t'appellerai quand les billets seront achetés.

— Papa, tu es très gentil. Mais, à bien y penser, il vaudrait peut-être mieux que maman et moi commandions ces billets nous-mêmes. Tu sais, maman est capricieuse parfois, et il serait mieux qu'elle choisisse exactement ce qu'elle veut, mentit madame Shupiwa avec élégance.

— Mmmm, je comprends et je peux concevoir qu'elle réagisse ainsi.

— Tu n'as qu'à acheter une carte électronique pour le montant nécessaire, c'est si simple! Mais ne dis rien à maman pour l'instant : nous lui ferons une surprise, ce sera si chouette!

— D'accord. Attends un instant, je vais te donner le numéro de la carte.

— Oh merci papa, oui, j'attends!

Pour une fois, tout se passait comme prévu pour madame Shupiwa. Ne restait maintenant que… le plus difficile…

25

Tout un Service !

Deux jours.

Deux tout petits jours avant la date que madame Shupiwa s'était fixée pour partir... et aucun billet d'avion en vue. Elle était à court de solutions. Que faire pour trouver l'idée géniale qui la ferait avancer ? Méditer devant une bougie avec les bras sur la tête ? Se rouler dans la luzerne ?

Eh bien, elle avait essayé. Résultat : rien, nenni, zéro.

C'était l'impasse. Madame Shupiwa ne comptait plus sur Gio, qui ne lui avait pas adressé la parole de la journée. Et pourtant... elle s'accrochait quand même à l'espoir qu'il représentait... comme on s'accroche à un morceau de bois pour survivre à un naufrage. Elle passa quelques heures à se faire du cinéma. Elle créa plusieurs versions de la scène où Gio arrivait en lui disant « tout est réglé, j'ai les billets. » Les heures passaient, la demoiselle soupirait. Elle soupirait en écoutant madame Calfeutre livrer les secrets du parfait sandwich au fromage grillé. Elle soupirait en regardant distraitement par l'une des immenses fenêtres qui bordaient sa classe. Elle soupirait en observant monsieur de la Rochemande débarquer dans la classe de madame Calfeutre pour lui montrer comment être plus efficace dans sa cuisine. Elle soupirait en voyant la colère monter aux joues de madame Calfeutre. Bref, elle soupirait. Un être surnaturel devait l'avoir entendue, car à la toute fin de la journée, Gio vint vers elle en se tortillant les mains. Il souriait presque.

— J'ai une bonne nouvelle, annonça-t-il.

— Oh, merveilleux, je savais que je pouvais compter sur vous ! s'exclama madame Shupiwa en explosant de joie. Elle l'entraîna loin de monsieur Zatan, car il fallait tout lui cacher, à celui-là.

— La bonne nouvelle, c'est que j'ai pu obtenir un règlement de mon affaire avec mademoiselle Calamité. Contre une rondelette somme d'argent, j'ai promis de ne pas diffuser mon film sur ce continent.

— Oh, vous vous êtes laissé acheter ? conclut-elle, déçue.

— Disons que, sans le savoir, elle m'a donné une subvention pour projeter mon travail à l'étranger, répondit-il, un sourire en coin.

— Disons que, c'est une façon comme une autre de voir les choses…

— Enfin, j'ai maintenant les moyens de vous accompagner au Japon. Je vais tenter de parler à… hmm… Peeson ce soir, dit-il en émettant un râle douloureux.

— Absolument ! Oui, car plus le temps passe, plus ma mère risque d'en apprendre sur mes plans ! Il nous faut ces billets le plus vite possible ! Ooh, monsieur Gio, vous êtes notre sauveur ! Vous allez réussir cette mission, vous allez la réussir ! s'emportait madame Shupiwa.

— Oui, oui, bon, bien sûr, répondit Gio un peu gêné par tant d'enthousiasme.

— Nous partirons pour environ deux semaines. Vous demanderez donc à votre frère d'acheter trois billets pour Kyoto, Japon.

— Cinq, corrigea monsieur Annisse, qui avait tout entendu.

Dans sa joie fébrile, madame Shupiwa avait baissé la garde… et voilà le résultat ! Monsieur Annisse, dit le pot de colle, dit la teigne, dit le vaniteux, avait pu s'approcher d'eux discrètement et capter toute cette discussion fort instructive. La jeune fille avait compris cela. Voilà pourquoi elle n'offrit aucune résistance. Elle savait trop bien qu'il la menacerait de tout raconter à sa mère. À cause de cette distraction de quelques secondes, elle allait devoir supporter ce gros enquiquineur et son tomoto pendant deux semaines.

Il fut donc conclu qu'ils se rejoindraient sous l'arbre dans le parc en face de la maison de Gio. Sous l'arbre, oui, car il n'y avait qu'un seul arbre dans cet immense rectangle de pelouse.

Nous disions donc qu'ils se rejoignaient dans le parc. Chacun devait y apporter une carte électronique de la même valeur que celle achetée par le papa de madame Shupiwa. On confierait sa carte à Gio qui partirait ensuite en mission.

Oh, et il fut aussi décidé qu'on dirait à monsieur Zatan que la procédure avait pour but d'acheter des billets pour un spectacle d'opéra qui avait lieu samedi soir.

La première partie du programme de la soirée se déroula sans anicroche, car elle consistait, on le sait, à se réunir sous le seul arbre d'un parc rectangulaire au gazon parfait. C'est à la portée de n'importe qui. Tous furent au rendez-vous. Annisse arriva même trente minutes avant l'heure pour ne rien manquer. La seconde partie du programme s'annonçait plus corsée. Les cartes électroniques en main, Gio partit un peu nerveux vers cette zone dangereuse qu'était la chambre de son frère aîné.

Il traversa le parc en courant, la rue en trottinant, la maison en marchant. Sa détermination fondait à mesure qu'il s'approchait de la chambre maudite, située au sous-sol. Avant de descendre l'escalier, il ouvrit un sac de graines de tournesol pour se redonner un peu de courage. Il prit une graine, la croqua, en mangea le centre et cracha l'écale. Il posa ensuite le pied sur la première marche de l'escalier et répéta l'exercice, jusqu'à ce qu'il eût mangé dix graines de tournesol et descendu autant de marches. Finalement arrivé devant la terrible porte, Gio leva le bras pour y cogner. Trois coups secs et précis, tel était son projet. Cependant, à la toute dernière seconde, il hésita : était-il vraiment prêt à affronter la *bête* ? Avait-il suffisamment révisé chaque mot nécessaire, chaque geste, chaque réplique potentielle ? Il y réfléchit une minute, puis deux, puis s'aperçut que son sac de graines de tournesols était vide. Il repartit en direction du garde-manger pour se réapprovisionner.

Revenu devant la porte, il baissa les bras. « Gio, tu n'es qu'un poltron. Tu es encore plus poltron que monsieur Zatan », se dit-il afin de se fouetter le sang un tantinet. Il prit une grande inspiration et… ouvrit un nouveau sac de graines de tournesol. Après en avoir pris une bonne ration, il cogna trois coups secs et précis.

Quinze douloureuses secondes passèrent.

— Qui est-ce ? finit par demander une voix calme et glaciale.

— C'est Gio, s'étrangla-t-il.

— Impossible : j'ai désinfecté les lieux récemment et aucun sale microbe n'est censé avoir survécu.

— Puis-je entrer ? tenta l'un timidement.

— Non, répondit l'autre placidement.

— J'ai un service à te demander, geignit Gio.

Peeson ne répondit pas. Gio sentait le sol glisser sous ses pieds. Il tenta l'ultime argument :

— Écoute, je vais te donner de l'argent… pour ton effort…

— Ouvre, répondit-on, sans plus.

Gio tourna la poignée doucement, puis ouvrit très grand la porte. Il fut happé par une lumière intense. Peeson avait un sombre caractère, mais détestait néanmoins l'ombre. Il avait donc installé plusieurs projecteurs aux quatre coins de la pièce. L'éblouissement s'atténuant, Gio put voir le dos de Peeson. Celui-ci prenait place à son bureau. Gio posa un pied sur le tapis de la chambre.

— T'ai-je permis d'entrer, fumier de mouton ? lui dit son frère toujours sans se retourner.

Gio recula immédiatement. Il promena son regard sur ce lieu dans lequel il ne s'était plus aventuré depuis des lunes. Il aperçut Wert le serpent, couché aux pieds de son maître. Une organisation militaire régnait dans la chambre. Ainsi, la pièce paraissait presque vide, malgré les nombreux objets qu'elle contenait. En ce lieu, chaque petite chose avait une place formelle : les disques s'alignaient comme des soldats en parade, les livres se logeaient dans des piles respectant leur exacte grandeur. Évidemment, à part Wert le serpent, rien ne traînait sur le sol. Peeson poussait la perfection jusqu'à marquer discrètement au crayon l'emplacement de chaque article. Et cela Gio l'ignorait même encore maintenant. La dernière randonnée-éclair du petit frère dans cette chambre remontait justement au premier jour où Peeson utilisa le crayon pour marquer la position des objets. Comme d'habitude, ce jour-là, après une fouille intéressante, Gio avait laissé l'endroit intact…

croyait-il. Le soir venu, alors que Gio venait de se mettre au lit, Peeson entra brusquement. « Ne recommence plus », lui avait-il marmotté en lui mordant presque l'oreille, et en lui offrant un désagréable tête-à-tête avec Wert le serpent. Comment Peeson avait-il deviné ? Gio ne le sut jamais, car il n'avait pas remarqué les marques de crayon. Mais il comprit alors qu'il serait moins risqué de visiter une cage remplie de lions que de procéder à de nouvelles fouilles dans la chambre de son aîné, et il n'y remit plus les pieds.

Mais revenons à nos moutons. Gio attendait toujours sagement sur le pas de la porte. Peeson ne se retournait toujours pas. Qu'à cela ne tienne : pendant que le petit frère attend, allons-y d'une description du grand frère, de face, de dos et de profil. Les cheveux châtains de Peeson étaient maintenus courts, propres, et lissés sur le côté. Un noble nez droit surmontait des lèvres minces qui ne bougeaient pratiquement pas lorsqu'il parlait. Ses hautes pommettes se teintaient de rouge dès qu'il éprouvait une émotion, ce qui était plutôt rare. Ses yeux étincelaient d'un bleu encore plus transparent que ceux de Gio. Avec des yeux pareils, un séducteur aurait semé la pagaille chez la gent féminine. Hélas, Peeson avait le regard aussi terne qu'un mur de toilettes publiques et passait donc parfaitement inaperçu. Enfin, sa façon de se vêtir lui donnait plus l'apparence d'un employé de bureau modèle que d'un adolescent cinglé. Ce soir-là, il portait un pantalon beige orné d'une ceinture brune, le tout agencé à une chemise à petits carreaux bleus.

Gio attendait encore sur le pas de la porte, littéralement pétrifié de peur. Pour faire durer son plaisir, Peeson laissa passer encore quelques minutes de profond silence. Puis, se lassant, il mit fin à la torture :

— Parle donc, tu me fais perdre mon temps, nabot, murmura-t-il sans se retourner.

Voilà, c'était le moment : il ne fallait pas rater. Pour calmer sa nervosité, Gio goba une autre poignée de graines de tournesol et se lança :

— Pfft, j'ai pfft, besoin que… dit-il au bord de l'apoplexie.

— Mon oreille me signale que tu as craché quatre écales de tournesol sur mon tapis : Primo, tu les ramasses et deuzio, tu n'en craches plus une.

Après s'être empressé de corriger sa faute, Gio reprit son poste… et une autre ration de graines de tournesol !

— J'ai besoin gnoc que tu, tu, tu, commandes gnoc gnoc CINQ… cinq billets d'avion pour mmh Kyoto pgnoc au Japon ! dit-il très vite en mâchouillant péniblement ses graines, ce qui donnait presque l'impression qu'il parlait une autre langue.

— L'argent ! demanda sèchement Peeson, toujours très concentré sur l'essentiel.

— Voici trois cartes prépayées pleines d'argent. Tu pourras prendre l'argent qui restera une fois les billets achetés, mâchouilla-t-il encore.

— Et il y en a beaucoup, de l'argent ? s'assura Peeson.

— Oooh, oui, oui, ça c'est sûr ! s'exclama Gio.

— Bon, ça va, trancha Peeson, qui trouvait que la conversation avait vraiment assez duré. Rendre service passe encore, mais de là à entamer une discussion avec un nabot…

— Mmmh, le remercia Gio.

— Lance les cartes sur le tapis, Wert ira les chercher. Date du départ ?

— Dans deux jours.

— Et du retour ?

— Dans deux semaines.

— Très bien. Reviens demain soir, j'aurai tes billets.

— Merci, balbutia Gio en s'enfuyant à toutes jambes.

Peeson attendit que Wert lui apporte les cartes, puis siffla. L'écran, centré très exactement sur la position très exacte que Peeson occupait, s'alluma.

— Peeson ! salua l'ordinateur.

— Salut Tô. Mon idiot de frère veut des billets d'avion.

— Billets d'avion : je cherche…

— Cherche bien. Je ne veux pas payer cher.

— À votre service, monsieur le maître du monde, répondit Tô.

— Peeson n'est rien sans Tô, affirma Peeson en croisant les bras.

— Tô n'est rien sans Peeson, lui répondit son cher ordinateur.

— Bon, trêve de flatteries. Ça vient, oui ou non ?

— Quelle destination ? Jour du départ ?

— J'ai failli ne rien comprendre, car ce veau puant ruminait encore ses graines de tournesol. J'aurais peut-être dû le faire répéter, mais il m'avait déjà assez fait perdre de temps. Il est veinard, car j'ai les oreilles propres et j'ai quand même saisi le principal. Alors, il a dit qu'il veut partir après-demain. Destination : Gabon.

— Le Gabon est un pays d'Afrique. Peeson a des précisions ? Le nom de la ville, peut-être ?

— Kyo… Kilo… Kilamoto, je crois. Suffit de trouver une ville qui porte à peu près ce nom et qui est dotée d'un aéroport.

— C'est trouvé ! annonça Tô. Koulamoutou, Gabon, départ après-demain à huit heures.

— C'est vrai qu'il n'articule pas, ce mollusque. J'ai de la chance d'avoir Tô pour m'aider. Je veux les billets ici pour demain soir.

— Ils arriveront demain après-midi, sans faute.

— Merci. Tu mérites que je lave ton écran une fois de plus. Après nous procéderons au paiement.

C'est ainsi que Peeson remplit valeureusement sa tâche. Pendant ce temps, dans un parc rectangulaire non loin de chez lui, on fêtait le succès de la mission de Gio. Cris de joie et tapes dans le dos étaient au rendez-vous : Gio était le héros du jour.

26

Les tiroirs de Peeson

— Mouâ, vous savez, j'ai l'habitude des grands voyages. Il ne m'a fallu que quelques minutes pour préparer ma valise ! fanfaronna Annisse en bombant le torse.

— Bien sûr, car vous êtes le roi des valises, monsieur Annisse, répondit distraitement madame Shupiwa en tentant de le distancer.

C'était la veille du départ, et la nervosité était à son comble. Les amis sortirent du camp Selabor en se donnant rendez-vous à sept heures le lendemain, devant le restaurant de l'aéroport.

— Vous avez prévenu votre père de notre arrivée, n'est-ce pas, madame Shupi ? s'enquit Annisse avec une pointe d'inquiétude dans la voix.

— Je lui téléphone ce soir. Vous savez que je n'ai pas le choix de le faire à la dernière minute, sinon ma mère risque de tout découvrir ! lui rappela sa coéquipière, exaspérée.

— Mais, mais ! Qu'allons-nous faire si vous ne réussissez pas à le joindre ? Personne ne nous attendra à notre arrivée ! Nous serons seuls dans un pays inconnu !

— Je vous dis que nous le joindrons! Il attend mon appel ce soir!

Madame Shupiwa se tourna brusquement vers Gio.

— Au fait, monsieur Gio, les billets d'avion, vous les aurez quand?

— Je vais les chercher dès que je rentre, dit-il en souriant. Mon frère m'attend sûrement dans sa chambre à l'heure qu'il est.

— Et s'il ne les avait pas?! se tracassait Annisse.

Avez-vous déjà lancé un caillou dans un précipice? Aucun ricochet, n'est-ce pas? Le silence total. L'absence de réponse. Eh bien, Annisse venait de lancer un caillou dans le vide...

Une autre journée trop pleine de soleil, de chaleur et de pollution se terminait bientôt. L'air ambiant écrasait la ville entière... à part deux jeunes personnes qui avaient d'autres chats à fouetter. Il y avait Gio qui se préparait à visiter son frère. Il y avait madame Shupiwa qui cherchait le moyen de n'avoir l'air de rien devant sa mère, même si elle partait secrètement pour le Japon demain.

Cette fois-ci, Gio rendait visite à son frère avec moins de papillons dans l'estomac. Il sifflotait oisivement comme un castor qui construit un barrage[1]. Son sac de voyage bouclé, son passeport

---

1. Je sais, un castor ne siffle pas, mais avouez que cela améliorerait drôlement ses conditions de travail.

sous l'oreiller, il ne lui restait plus qu'à descendre les marches quatre à quatre pour cueillir les billets.

Il leva lestement le bras et cogna fort sur la porte du sous-sol. Il annonça énergiquement sa présence avant même qu'on le lui demande. La réponse ne se fit pas attendre.

— J'ai tes billets…

Gio ouvrit la porte avec enthousiasme et les deux frères se retrouvèrent face à face. En effet, pour une rare occasion, Peeson était tourné vers la porte. Toujours assis sur sa chaise, les coudes appuyés sur les genoux, il tenait une enveloppe bleu ciel. Il plongea son regard bleu dans celui de son petit frère.

— …mais tu ne les auras pas, poursuivit-il avec l'air de quelqu'un qui vient de se faire rouler et qui entend bien se venger.

— Je ne les aurai pas? articula Gio.

— En tout cas, pas avant que tu m'aies justement rétribué, précisa calmement Peeson.

— Mais je t'ai donné de l'argent! s'étrangla douloureusement Gio, qui ne comprenait plus rien.

— Eh, eh. Tu crois que Tô et moi travaillons pour des arachides? Le maigre montant qui m'est resté après avoir payé les billets est… insultant, dit lentement Peeson.

— Mais j'ai besoin de ces billets! Nous partons demain! implora Gio en joignant les mains.

— Idiot, je sais que tu pars demain. Cesse de pleurnicher. Tu vois le chiffre apparaissant à l'écran de Tô ? Voilà ce que tu me dois pour récupérer tes billets. Au revoir.

Et Peeson ferma violemment la porte au nez de Gio. Ce dernier resta pantois, les yeux encore tout écarquillés devant le chiffre énorme qu'il venait de voir. Il mit une bonne minute à réaliser l'ampleur de la catastrophe qui s'annonçait : demain matin, il se présenterait à ses coéquipiers avec les mains vides. Héros hier, zéro demain. Pris de désespoir, Gio se mit à courir à toutes jambes vers nulle part (entre nous, n'est-ce pas le meilleur endroit où aller quand un problème surgit ?). Lorsqu'il y fut rendu, haletant et les cheveux mouillés de sueur, il s'assit sous le premier arbre qu'il rencontra. Il se frotta les tempes avec la paume des mains et s'allongea dans l'herbe sèche pour bien réfléchir à la situation. L'arbre sous lequel il se reposait avait des petites feuilles argentées qui bruissaient avec élégance quand le vent daignait souffler. Gio se laissa bercer par leur mouvement et laissait venir à lui les solutions. En résumé, il n'y avait que deux façons d'obtenir les billets : les dérober à Peeson ou trouver la somme d'argent demandée. Malheureusement, l'une et l'autre relevaient de l'impossible. Il était cuit et bien cuit. Trouver l'argent ? Où diable ? Pénétrer dans la chambre de Peeson et voler les billets ? Plutôt commettre un hold-up dans une banque, c'était moins risqué. Gio divaguait et n'allait nulle part, tout en y étant déjà. Tout à coup, il se leva. Tout à coup, une idée lui était venue. Tout à coup, il respira librement et sourit à pleines dents. Il se mit à marcher d'un pas léger, les mains dans les poches. Il sentait que maintenant, plus rien de mauvais ne pouvait lui arriver. C'est alors que… ploc! Une fiente d'oiseau vint s'écraser sur sa tête. Comme quoi il ne faut rien tenir pour acquis dans la vie!

Gio s'arrêta, voulut porter la main à ses cheveux, puis sembla comprendre qu'il y avait plus urgent à traiter. Il se mit à courir. Il revint plus vite de nulle part qu'il y était arrivé. L'air chaud, humide et sale l'asphyxiait. Mais il s'en apercevait à peine, trop pris par son idée géniale. Il arriva finalement à la maison. Il descendit l'escalier et se présenta hors d'haleine devant l'éternelle porte qui lui faisait faire tant de cauchemars. Son poing s'affaissa sur la porte, mais ce fut plutôt par épuisement que par manque de conviction. Peeson ne tarda pas à ouvrir, car il sortait. Il avait dans les bras une énorme boîte de plastique. Il regarda Gio avec dégoût.

— Tu es trempé de sueur. C'est répugnant. La prochaine fois, avant de te présenter devant moi, va prendre une douche. D'où viens-tu? lui demanda Peeson.

— De nulle part, lui répondit Gio.

— Si tu te présentes ici, c'est que tu as de bonnes nouvelles pour moi.

— J'ai plutôt une solution. J'ai réalisé un film dernièrement, je te promets de te donner tous les bénéfices que j'en tirerai.

— Je ne veux pas de tes petites créations minables qui valent deux sous. Écarte-toi de mon chemin.

— Mais…

— Nous sommes pressés, le vétérinaire nous attend, dit Peeson en refermant la porte.

— Mais…

Les « mais » de Gio allèrent se perdre dans un espace intersidéral inconnu. Gio regarda Peeson s'éloigner avec Wert, ainsi que tous ses espoirs d'obtenir ses billets d'avion. Dire que ces fameux billets se trouvaient probablement juste à côté, dans cette chambre, dans quelque boîte ou classeur. Ce pourrait être si simple d'aller les prendre. Machinalement, il tenta de tourner la poignée de la porte, mais comme prévu, elle était bien verrouillée. Un heureux hasard aurait pu faire que Peeson eût oublié d'actionner le loquet, mais « c'est le genre de chose qui arrive seulement dans les romans », se dit Gio. Désespéré, il remonta lourdement les marches, comme un mouton trempé dont la laine pèse une tonne. Peu à peu, une rage terrible prit le pas sur son désespoir. Fallait-il donc qu'il se fasse toujours manger la laine sur le dos par ce frère mesquin? Il serrait les dents et les poings. Ses pieds martelèrent furieusement les dernières marches de l'escalier. Il sortit et s'assit sur la plus haute marche du petit perron de béton. Le menton posé sur ses genoux, Gio réfléchissait. Il y avait bien une petite fenêtre dans cette chambre du sous-sol, mais justement, elle était trop petite pour lui. Il restait là, accroupi, ne pensant plus à rien. C'est alors qu'il vit madame Shupiwa et monsieur Zatan. Il les regarda sans mot dire tellement il n'y croyait pas. Quand ils furent à une vingtaine de pas, il décida d'aller voir si sa vision était réalité. Grand bien lui fit, car ils étaient bel et bien là, devant lui.

— Bonsoir, bonsoir! Qu'est-ce qui vous amène ici, les amis? lança-t-il chaleureusement.

— Oh, vous savez, monsieur Gio, ma très chère sœur ne tient plus en place tellement elle a hâte de voir cet opéra demain soir!

— Oui, oui, c'est tout à fait cela! s'exclama madame Shupiwa. Vous avez les billets, n'est-ce pas, monsieur Gio?

— Euff, c'est-à-dire qu'ils sont à portée de main, répondit Gio en baissant les yeux.

— Que voulez-vous dire? demanda-t-elle, inquiète.

— Eh bien, chère sœur, il veut dire qu'on n'a qu'à tendre la main pour les saisir, voilà tout!

— Monsieur Zatan a tout à fait raison. D'ailleurs, pourquoi ne pas aller les chercher tout de suite? répondit Gio avec un sourire crispé.

Gio entraîna ses deux amis vers l'arrière de la maison où se situait, au ras du sol, la petite fenêtre trop petite pour laisser passer Gio, mais qui laisserait peut-être une chance à monsieur Zatan.

— Que faisons-nous ici? demanda madame Shupiwa qui, cette fois, ne se vit pas offrir d'explications par son tomoto qui, lui non plus, ne comprenait plus rien.

— Je dois vous avouer que… nous devrons travailler un peu si nous voulons les billets pour demain.

— Mais votre frère ne vous les a pas remis? s'enquit madame Shupiwa, un brin méfiante.

— Il se trouve que non. Mais ne nous laissons pas distraire de notre objectif. Il nous faut ces billets: alors, allons les chercher, c'est tout! proposa-t-il en se frottant les mains.

— Voilà! Bien parlé monsieur Gio! s'exclama monsieur Zatan, ne se doutant pas des plans qui s'étaient construits sur son dos.

— C'est ce que je me disais. Peeson est parti avec Wert. Profitons-en pour aller chercher les billets dans sa chambre! Vous voyez cette fenêtre?

— La petite là, près du sol, à gauche? demanda madame Shupiwa.

— Oui, oui! Tout à fait! Eh bien, monsieur Zatan est le candidat parfait pour y passer.

— C'est que, voyez-vous, je ne peux pas entrer par infraction chez quelqu'un. Mon programme me l'interdit.

— Mais c'est chez moi! Vous n'entrez pas à la dérobée! Allez, vous voulez ces billets, oui ou non?

— D'accord, d'accord, monsieur Zatan ira, décréta madame Shupiwa.

C'est la mine contrite que monsieur Zatan passa maladroitement par la fenêtre. Il atterrit brutalement dans le vivarium où logeait Wert, qui était heureusement absent, faut-il le rappeler. Le tomoto fut presque coincé dans ce nid spacieux pour le serpent, mais trop petit pour un tomoto. Il réussit à se jeter par-dessus bord, non sans peine. Il fit quelques pas et se retourna vers la fenêtre.

— Et où sont les billets, monsieur Gio? demanda-t-il d'une voix tremblante.

— Voilà le défi: il vous faut les trouver.

— Bien, bien, bien, je procède, je procède, je procède, affirma nerveusement monsieur Zatan. Je vais regarder sous le lit.

— Mais non! Ce n'est pas dans les gènes de Peeson de ranger quoi que ce soit sous le lit, encore moins une enveloppe contenant des billets. En passant, cette enveloppe est bleu ciel, précisa Gio par l'embrasure de la fenêtre.

— Oui, bien sûr, acquiesça monsieur Zatan. Donc, peut-être dans le bureau.

À ce moment, monsieur Zatan perçut une vague et lointaine sonnerie téléphonique.

— Qu'est-ce que ce bruit? questionna monsieur Zatan en écarquillant ses yeux de vache déjà si grands.

— De quoi parlez-vous? répondit Gio qui était trop loin pour entendre quoi que ce soit.

— J'ai entendu une sonnerie et maintenant j'entends maintenant une conversation !

— Il y a tellement d'appareils électriques dans cette chambre qu'ils font vibrer vos appareils auditifs, pensa tout haut madame Shupiwa.

— Alors, monsieur Zatan, vous regardez dans les tiroirs, oui ou non ? s'impatienta Gio.

— Je dois avouer que je commence à avoir peur, j'aimerais remonter, demanda monsieur Zatan d'une voix suppliante.

— Vous avez toujours peur, monsieur Zatan. Encore heureux que cette fois-ci vous ne fassiez que commencer. Ouvrez le tiroir droit du haut, sinon nous n'aboutirons jamais ! s'exclama Gio.

Monsieur Zatan s'exécuta et siffla d'admiration en apercevant l'ordre parfait qui régnait dans le tiroir. C'est à peine s'il voulut déplacer les objets de peur de briser pareil esthétisme. Il commença par prendre à deux mains une pile de feuilles argentées où Peeson enregistrait les films qu'il piratait. Ces feuilles ressemblaient à des miroirs mous. Elles contenaient chacune plusieurs films que Peeson vendait à des petits magasins clandestins. Monsieur Zatan déposa les feuilles avec précaution, imitant un curé qui dépose la coupe de vin lors de la célébration d'une messe. En fait, il régnait un tel silence dans la chambre à ce moment qu'on se serait cru dans un sanctuaire. Le tomoto vit ensuite qu'un miroir se trouvait sous les feuilles à enregistrement. Ce miroir avait exactement les mêmes dimensions que les feuilles. Monsieur Zatan poursuivit son travail, retirant le miroir lentement comme pour s'excuser de défaire l'ordre établi.

— Eh!

Monsieur Zatan était si fasciné qu'il en avait oublié où il était. Il sursauta à l'appel. Il tourna la tête et vit Gio, le nez collé sur la fenêtre, qui s'informait de la progression des opérations.

— Oh, encore rien de précis, dit monsieur Zatan. Je cherche. Me reste-t-il beaucoup de temps?

— Bien sûr, vous aurez le temps de trouver, assura Gio.

Le tomoto poursuivit donc ses recherches, méticuleux comme un archéologue. À droite des feuilles se trouvait une longue et étroite boîte noire accompagnée d'une petite carte transparente. Les deux faisant exactement la longueur des feuilles et du miroir. Monsieur Zatan souleva doucement la boîte noire et la posa avec le reste des trésors qu'il avait débusqués. Il fut tenté de l'ouvrir, même si elle ne pouvait manifestement pas contenir les billets d'avion. Puisqu'il était un tomoto programmé pour être bien élevé sauf sur ordre d'être mal élevé, il décida de passer à autre chose. Il jeta à nouveau son regard sur le tiroir, maintenant presque vide. Seule la petite carte transparente restait dans l'espace.

— Eh!

C'était encore Gio, le nez toujours bien écrasé sur la fenêtre, qui s'informait. Monsieur Zatan lui décrivit ce qu'il voyait.

— La carte ! Peut-être y a-t-il de l'argent, beaucoup d'argent enregistré ! Prenez-la : Nous paierons Peeson avec son propre argent ! s'esclaffa Gio.

— Oui, excellente idée ! Maintenant je peux partir ! souffla monsieur Zatan.

— Pas question ! Nous ne savons pas combien il y a sur cette carte. Continuez.

Monsieur Zatan remit tous les éléments dans le tiroir les uns après les autres, en tentant de mettre autant de génie que Peeson dans leur disposition parfaite. Il passa ensuite au deuxième tiroir. Il y trouva un ourson qui faisait la grandeur du tiroir ; l'ourson classique, celui à peluche beige avec une boucle rouge nouée autour du cou. Cette rencontre pour le moins inusitée ne le fit pas dévier de sa tâche. Il regarda sous l'animal pour vérifier si les billets ne s'y trouvaient pas.

— Eh !

Et quoi encore ? Comment monsieur Zatan pouvait-il accomplir sa tâche s'il était sans cesse dérangé ? Il se retourna une troisième fois vers la fenêtre. Il vit, de nouveau, le nez de Gio solidement écrasé sur la vitre… à ceci près que cette fois, c'était la main de Peeson qui l'y maintenait fermement. Monsieur Zatan fut pris de tremblements. Pour une rare fois, les yeux du grand frère de Gio exprimaient un semblant d'émotion.

27

L'otage de Peeson

Peeson traîna Gio par la peau du cou, sans souffler mot. Il avait les joues en feu, signe d'une vive irritation chez lui. Les marches du sous-sol furent à peine effleurées. Le grand frère ouvrit violemment la porte de sa chambre et lança Gio par terre. Il s'arrêta net lorsqu'il vit monsieur Zatan, collé au mur, transi de peur.

— Ce tomo fouillait dans ma chambre, n'est-ce pas? lança le redoutable frère aîné. Vous cherchiez les billets, n'est-ce pas? Ha! Ha! Ha! Ha! Ha!

Chez Peeson un éclat, quel qu'il soit, laissait toujours présager le pire. Gio et monsieur Zatan se regardaient en se demandant s'ils vivraient jusqu'au lendemain. Qu'importait maintenant à Gio de ne pas avoir les billets, puisqu'il n'y serait même pas pour affronter ses amis. Comme quoi chaque malheur a toujours son côté positif…

Peeson revint vite à son calme glacial, ce qui n'améliorait pas les choses. Il plaça Gio et monsieur Zatan côte à côte et les regarda longuement. Puis, l'expression terne de son regard s'aviva un peu. Un très léger sourire vint nourrir ses lèvres qui bougèrent à peine.

Il se leva et vint se placer devant les deux statues de sel qu'étaient devenues Gio et monsieur Zatan :

— C'est ton jour de chance, petite vermine, car j'ai trouvé une solution pour le montant que tu me dois.

Tout ce que Gio put répondre fut le « gloup » caractéristique de quelqu'un qui essaie d'avaler la salive qu'il n'a plus.

— Bien, je suis heureux de te voir si enthousiaste, poursuivit Peeson en élargissant son sourire. Ta tâche sera la suivante : tu montes dans la chambre de papa et tu lui voles ses cartes électroniques qui, j'en suis certain, sont pleines d'argent.

— Mais… je n'aurai jamais le temps de faire tout cela avant que papa arrive ! tenta Gio afin d'échapper à cette horrible mission.

— Ne t'inquiète pas.

Devant une réponse aussi désespérante, Gio décida de prendre le taureau par les cornes.

— Mais… voler papa ! Tu n'y penses pas ! Personne ne vole ses parents ! Qu'est-ce qu'il t'a fait papa, voyons !

— Rien.

— Bon, alors ! Il t'aime papa, voyons, Peeson ! Pourquoi veux-tu lui faire du mal ? gémit Gio.

— T'as fini ton sermon, mauviette ?

Peeson n'écouta plus les protestations. Le cher grand frère mit plutôt Wert dans son vivarium, bloquant ainsi l'accès à la petite fenêtre où monsieur Zatan avait fait son entrée triomphale. Peeson partit ensuite en sifflant. Pas qu'il aimait siffler, mais il savait que cela énerverait certainement ses «invités». Maintenant seuls, ceux-ci purent respirer un peu.

— Oh, quelle catastrophe, monsieur Gio! Qu'allons-nous devenir maintenant? pleurnicha le tomoto.

— Monsieur Zatan, je ne me fais pas d'illusions: nous ne pouvons nous enfuir. Et si nous nous enfuyons, comment alors récupérer les billets? soupira-t-il.

Gio essaya tout de même de trouver quelque entourloupette à faire à son frère. C'est dire qu'il gardait tout de même un espoir caché au fond de lui. En revanche, sa réflexion ne dura pas longtemps, car Peeson revint rapidement. Il tenait une grande boîte de carton plate et carrée. Était-ce une pizza? L'odeur vint vite le confirmer: pizza! Un baume sur les plaies de Gio!

— Pauvre petit crottin de cheval, ce soir tu soupes en tête-à-tête avec moi! Lorsque je l'ai dit à maman, elle était si contente qu'elle nous a servi une double portion! annonça Peeson avec un air narquois.

Qu'importait à Gio de souper seul avec son bourreau, puisqu'ils mangeraient de la pizza, et en double, en plus ! Une des seules choses que ces frères avaient en commun était l'amour de la pizza.

Peeson installa une nappe blanche sur sa table. Il s'empara ensuite d'une énorme pointe de la juteuse pizza et s'en emplit la bouche. Il s'employa alors à mastiquer très fort de façon à produire un clapotement des plus agaçants. Vraiment trop agaçant. Tellement agaçant que Gio comprit que son repas était confisqué. Encore un camouflet à encaisser ! Ainsi, pendant que Peeson faisait travailler ses dents, Gio, lui, serrait les siennes pour ne pas exploser de rage. Il se disait qu'un jour oui, il aurait le dessus ! Oui, ce serait lui le plus fort ! Comment ? Alors ça, c'était une bonne question…

En attendant, Peeson mastiquait toujours. Un coup de mâchoire à gauche, un coup de mâchoire à droite. Chaque morceau de pizza qui disparaissait rappelait à Gio que pour l'instant, c'était lui le minus. Une fois la dernière bouchée dégustée, Peeson se leva et annonça à Gio que sa mission allait bientôt commencer :

— Nous montons. Je m'occupe du paternel et tu t'occupes du reste. Oh, à propos, c'était la meilleure pizza que j'ai mangée de ma vie !

Gio se leva à son tour et le suivit. Monsieur Zatan resta seul en compagnie du chaleureux Wert, qui ne cessait de le fixer. Peeson connaissait assez les tomotos pour savoir que monsieur Zatan resterait sagement assis. Il partait donc l'esprit tranquille.

Au premier étage, c'était le calme plat. Le paternel, comme Peeson l'appelait, se trouvait dans le salon. Il regardait un match de baseball à la télé, dans la position du parfait amateur de sport; confortablement scotché au nouveau canapé de cuir, les bras croisés, les pieds plantés au sol et les jambes légèrement écartées. Le solide gaillard avait les yeux rivés sur l'écran et ne se doutait évidemment pas de ce qui se tramait dans sa maison.

L'escalier menant au deuxième étage était séparé du salon par un petit mur. Ainsi, les deux frères prirent pratiquement le même chemin. Peeson s'avança lentement vers le salon, les mains dans les poches, tout en s'assurant que Gio entamait sa montée vers la chambre de ses parents. Ensuite, l'adolescent alla s'installer aux côtés de son père. Le colosse regarda son fils avec un air ébahi. Il avait les yeux du simple mortel qui a la visite inopinée d'une divinité. C'est que l'homme aux courts cheveux grisonnants et aux yeux bleus perçants n'avait certainement pas l'habitude de voir son fils aîné de si près.

— Fils?!

— Maman est partie s'entraîner pour le marathon? demanda le fils d'une voix monocorde.

— Oui, réussit à répondre le père, stupéfait qu'on lui adresse la parole, en prime.

— Bien. Comment vas-tu, papa? s'enquit Peeson en fixant la télé.

— Heu, je vais bien! balbutia son père. On s'informait de LUI par-dessus le marché! C'en était presque trop.

— Quoi de neuf? marmonna Peeson.

Voilà qu'il insistait! Bien qu'interloqué, le père était néanmoins plus qu'heureux de voir fiston engager une conversation.

— Oh, oh, beaucoup, beaucoup de neuf! Tiens, parlant de neuf, j'ai participé à un tournoi de golf, récemment. Laisse-moi te raconter…

— Hmm, commenta Peeson.

— Alors, c'était mardi il y a deux semaines. Une journée humide. Mes bâtons de golf sont à leur meilleur lors des journées humides.

— Hmm, rétorqua Peeson.

— Et je me suis levé ce matin-là en me sentant en phase avec l'air du temps…

— Hmm, hmm, souligna Peeson.

— … et ça, c'est toujours de bon augure pour un tournoi.

— Hmm…

— J'ai fait quelques exercices d'étirement avant de frapper le coup de départ.

— Hmm…

— Eh bien, c'était une bonne idée, car j'ai frappé un coup du tonnerre.

C'est ainsi que, de « hmm » en « hmm », Peeson surveillait de près la victime du vol que Gio s'apprêtait à commettre.

On en était à la narration du coup de départ du cinquième trou quand le timbre de la sonnette se fit entendre. Peeson ne bougea pas, ne sourcilla pas, sachant très bien que personne ne venait jamais pour lui. De son côté, Gio venait de mettre le pied sur la dernière marche. Oui, d'accord, il avait monté bien lentement. Vous auriez monté ces marches quatre à quatre, vous ? Ce fut donc leur père qui se leva et alla voir à la porte. Il se trouva devant une jeune fille aux yeux bruns et à l'immense crinière bouclée qui lui offrait un large sourire, quoiqu'un peu figé.

— Bonsoir, monsieur. Gio est-il là ? Je veux lui parler.

— Bien sûr qu'il est là ! Il a même mangé en tête-à-tête avec son grand frère. Savais-tu qu'il est débrouillard, ce petit ?

— Heuf, tout à fait, bafouilla madame Shupiwa, ne sachant pas trop de quoi on parlait ici.

— Je lui avais dit non pour son camp de karaté au Japon, car c'était trop coûteux, expliqua le père. Eh bien, il aime tellement le karaté qu'il a réussi à trouver l'argent pour y aller tout de même ! Il part demain ! Cher coco, va !

— Et je peux le voir, s'il vous plaît ?

— Ce n'est pas tout ! Cet argent, il l'a gagné grâce à son film ! Et il n'a même pas voulu de mon aide pour acheter les billets d'avion ; il s'est encore débrouillé seul ! Quel gamin ! Il m'étonne parfois ! continua-t-il, regardant fièrement au loin, tel un fermier contemplant ses vastes terres.

Madame Shupiwa attendit patiemment qu'on se décide à appeler Gio. Dès que son nom fut prononcé, celui-ci arriva en trombe, les joues brûlantes et les yeux bleu foncé : « Madame Shupi, quelle belle surprise ! » s'exclama-t-il très fort. Puis, il lui chuchota les derniers développements. Elle l'interrompit, car elle savait déjà tout, ayant déjà parlé avec son tomoto à travers la fenêtre de la chambre où il était prisonnier. Elle dit tout bas à Gio qu'elle allait maintenant le sortir de ce mauvais pas.

— ACCOMPAGNEZ-MOI AU PARC AVEC MONSIEUR ZATAN, MONSIEUR GIO ! hurlat-elle afin d'être bien entendue de tous et surtout du père de Gio.

— Vous n'y êtes pas du tout ! chuchota-t-il. Si je pars, nous devrons dire adieu aux billets ! Peeson m'a bien averti que si ma mission échouait, il les brûlerait. Je ferais mieux de rester et d'obéir à Peeson, je suis plus sûr de les ravoir ainsi, poursuivit-il d'une voix à peine audible. Puis, pour être entendu de son père, il cria très fort : « NON, JE N'IRAI PAS PARC, J'AI ENCORE DES CHOSES À FAIRE AVANT MON DÉPART !

— Rendez-moi monsieur Zatan, alors ! lui souffla-t-elle à l'oreille.

— D'accord, demandez à le voir, alors.

— TRÈS BIEN, AMENEZ-MOI MONSIEUR ZATAN, NOUS IRONS SANS VOUS ! Puis, elle lui glissa à l'oreille : « Bonne chance. Je reviendrai plus tard. »

C'est ainsi que le premier otage fut relâché, sans que le ravisseur n'ait un mot à dire. Monsieur Zatan avait dépensé beaucoup d'énergie à avoir peur, et sa sœur dut lui donner un morceau de sucre pour éviter une panne. Après sa « pause-café », Gio devait remonter vers la chambre de ses parents. Quant à Peeson, il se laissait toujours bercer distraitement par le récit des sixième, septième, huitième et neuvième trous du tournoi de golf de son père. Toutefois, il ne perdait pas Gio de vue. Ce dernier savait qu'il avait intérêt à regrimper rapidement les marches. Rendu au deuxième étage, il pénétra dans la chambre de ses parents en essayant de ne pas trop penser. L'endroit était coupé en deux zones bien distinctes : à droite, quelques vêtements appartenant à sa mère traînaient sur une chaise. Ses bijoux, ses brosses à cheveux et ses multiples pots de crème dormaient sur une commode surmontée d'un miroir. À gauche, l'espace occupé par son père semblait vide. Une chose était claire : Peeson avait hérité, en double faut-il préciser, de l'esprit ordonné de son père. Gio commença par ouvrir un tiroir et y trouva des vêtements parfaitement alignés. Il hésitait à y faire balader sa main, sous peine de laisser une trace dans ce tableau parfait. Il ouvrit fébrilement les autres tiroirs sans toucher à rien. Il était plus nerveux qu'un chat traversant une fourrière.

Gio survola à peine le reste des tiroirs, effleura les poches de vestons et de pantalons, puis décida qu'il avait été aussi loin qu'il le pouvait. Il redescendit l'escalier, fit un signe à Peeson, puis continua vers la chambre du sous-sol. Peeson le suivit, évitant ainsi d'entendre les folles aventures vécues au quatorzième trou du tournoi de golf.

Quoique fâché de s'être fait chiper un otage, Peeson revint serein à sa chambre. Sans perdre une seconde, il réclama à Gio le fruit de son expédition. Le petit frère tremblait à l'idée d'avouer son échec.

— C'est que j'ai cherché... commença-t-il d'une voix hésitante.

— Alors? s'enquit Peeson en le regardant durement.

— Je n'ai pas trouvé, articula Gio d'une voix rauque.

— Pas grave...

— Ouf! soupira péniblement Gio, rassuré que son frère ne soit pas la sale brute qu'il croyait.

— Papa a dû mettre ses cartes dans son portefeuille. Tu iras les chercher dans sa chambre cette nuit lorsqu'il dormira.

Gio aurait préféré recevoir un coup de marteau sur la tête. Il était déjà terrorisé à l'idée de fouiller dans la chambre... ajouter à cela y fouiller en présence de son père, même endormi, c'était beaucoup lui demander.

— Je pars à nouveau avec Wert chez le vétérinaire, car à cause de toi, cervelle de mulet, nous avons dû retarder notre rendez-vous. Reste ici bien tranquille.

Gio ne broncha pas. Il comptait profiter de l'absence de Peeson pour continuer les fouilles dans cette chambre.

— Et ne t'avise pas de bouger : Tô m'avertirait, comme il l'a fait tout à l'heure lorsque cet imbécile de tomoto a pénétré dans ma chambre. Tu sais, un téléphone peut servir à des choses plus utiles que de bavarder avec ses copains : tu fais un mouvement, un seul, et Tô m'envoie un message sur mon téléphone cellulaire.

Lequel de Tô, Peeson ou Wcrt, Gio détestait-il le plus ? Il eut amplement le temps d'y réfléchir pendant la longue heure où il fut laissé seul, sans autre moyen de se divertir. Il s'ennuya tant et tellement qu'il accueillit presque avec joie le retour de Peeson. Ce dernier semblait avoir oublié la présence de son otage, tant il était préoccupé par son serpent. Il le sortit avec précaution de sa boîte. La grosse nouille ondoya dans les mains de Peeson pour se glisser dans son vivarium. Après avoir contemplé amoureusement son serpent, Peeson sortit une pierre d'un sac bleu. Il la déposa dans la niche du serpent. Il avait l'air satisfait du papa qui offre une première bicyclette à son enfant. Il s'accroupit en plaçant ses mains sur les genoux. D'une voix mielleuse de fillette, il parla à son protégé : « Tiens, mon gros bébé Werti. Papa t'a acheté la dernière trouvaille dont tous les serpents rêvent :

oui, oui, c'est la pierre chauffante à ondes infra-rouges. Qu'est-ce qu'il dit le petit Werti à son papounet? Qu'est-ce qu'il dit mon petit mignon chouchou gouzi mamou?»

En guise de réponse, Wert fit vibrer sa langue, ce qui eut l'air de combler son «papa». Gio n'en croyait pas ses yeux et ses oreilles: Peeson, le tyran de glace, venait de se transformer en poulette couveuse. «Est-ce qu'il va se réchauffer sur la pierre, mon Werti chéri? Oui, c'est ça, bravo mon serpenteau, papa te donne de gros gros bisous», chuchota Peeson, mimant effectivement des baisers.

Quoique dans une situation pénible, Gio appréciait le spectacle. Il se promettait de rire un bon coup lorsque l'environnement serait moins menaçant. Pour l'instant, trop de mauvais esprits circulaient dans la pièce. En effet, Peeson retrouva vite son masque de bourreau lorsqu'il posa un regard sur son cadet:

— J'espère que tu es prêt pour ta mission. Cette fois-ci, je ne tolérerai pas que tu reviennes bredouille!

— Mais, ce n'est…

— Je crois que papa et maman vont se coucher tôt ce soir, tu as de la chance. Rappelle-toi: tu fouilles dans les vêtements que le paternel a portés aujourd'hui. Ensuite, dans la mallette qu'il pose toujours près de son lit.

Gio commençait à transpirer. Non seulement avait-il la frousse, mais aussi était-il en manque de graines de tournesol. Il y avait des heures qu'il n'en avait croqué une, et son corps en réclamait. Tout ce qu'il restait maintenant à faire, c'était d'attendre que ses parents s'endorment. Pour tuer le temps, Peeson consultait un livre sur les serpents et Gio se rongeait les ongles. Ce dernier entendit l'escalier du haut craquer, signe que ses parents se dirigeaient maintenant vers le deuxième étage pour se coucher. Il savait aussi que son père gardait une arme au laser près de son lit. Si son père se réveillait en sursaut… s'il comprenait qu'un voleur s'était introduit dans sa chambre… Gio en était quitte pour une séance au laser. Tzzzz! et tout était fini: ce n'est pas dans un avion pour le Japon qu'il monterait, mais dans une ambulance. Gio était en train de se perdre dans d'obscures pensées quand un bruit le ramena à la réalité. On cognait à la fenêtre. Les deux frères y jetèrent un coup d'œil et aperçurent une figure de jeune fille écrasée dans la vitre. Ayant reconnu l'amie de Gio, Peeson retourna calmement à sa lecture. Madame Shupiwa, car c'était bien elle, frappa alors encore plus fort. Aussi fort que son envie d'obtenir ces fichus billets d'avion. Peeson ne pouvait l'ignorer plus longtemps, car elle allait ameuter toute la maisonnée. Il ouvrit la fenêtre:

— Que voulez-vous? Faites-vite, mon serpent pourrait prendre froid, grogna-t-il en serrant les dents.

— Vous faites mieux de me laisser entrer, sinon vous pourriez le regretter.

Quelle fermeté! Gio le comprit tout de suite, elle avait trouvé la solution pour les sortir de cette misérable situation.

Peeson se précipita à la porte de la maison pour l'y faire entrer en catimini. Une fois dans la chambre, madame Shupiwa croisa fermement les bras et leva le menton. Elle garda la pose. Peeson, qui n'avait pas l'intention de la récompenser d'une question, patienta.

Le combat était engagé. Qui des deux allait parler le premier? Gio, encore une fois, s'amusait malgré les circonstances. Ce fut Peeson qui céda le premier, agacé par la présence d'une étrangère (enfin, plus étrangère encore que son frère) dans sa chambre, son repaire, sa tanière.

— Qu'êtes-vous venue faire ici? lui demanda-t-il sèchement.

— Récupérer les billets, répondit-elle en le regardant droit dans les yeux.

— Vous avez l'argent?

— Nous vous avons déjà payé.

— Ne me faites pas perdre mon temps, répondit-il d'un air ennuyé. Puis, se tournant vers son ordinateur, il dit: «Tô, affiche le montant nécessaire à l'obtention des billets.»

Tô obéit. Madame Shupiwa fut consternée. La somme était en effet rondelette, on l'a déjà dit. Mais la jeune fille ne montra aucun signe d'émotion. Elle garda toujours la pose et afficha un sourire triomphant : « Vous allez me donner les billets immédiatement », ordonna-t-elle.

Peeson se contenta de sourire à son tour, sûr de sa supériorité. Son adversaire, exaspérée par tant d'arrogance, se fâcha un peu.

— Vous me donnez les billets ou je vous dénonce.

— Vous me dénoncez à qui, je vous prie, petite crotte de rat ?

— Aux autorités de la ville.

— Ha ! Pourquoi ? Pour avoir pris mon petit frère en otage, dans sa maison ? ricana-t-il.

— Non, pour possession illégale de serpent, lança-t-elle.

Pour la première fois, Peeson perdit un peu contenance, mais ce fut à peine perceptible. Seul Gio put voir le coin de sa lèvre se tordre.

— Tiens, tiens, vous ne saviez pas qu'il est interdit de garder votre serpent ici, insista la jeune fille.

— Qu'est-ce que c'est que cette histoire ? Jamais entendu parler, lança Peeson d'un ton glacial.

— Vous êtes-vous informé avant d'acheter votre animal ?

— Je l'ai acheté dans une autre ville.

— Dommage pour vous, articula lentement la fillette.

— Comme vous le dites, répondit Peeson en croisant les bras.

Madame Shupiwa s'avança vers le redoutable grand frère. Elle secoua ses douces boucles brunes et lui présenta une main ouverte, prête à recevoir les billets : « J'attends », dit-elle simplement.

Peeson se contenta de la regarder. Cependant, plus les secondes s'écoulaient, plus le doute s'insinuait en lui. Même le bleu de son œil commençait à vaciller. Quelques secondes s'écoulèrent encore. Quelques secondes pendant lesquelles Gio faillit s'évanouir de ravissement. Ce que lui n'avait pu accomplir, son amie le réalisait ! Enfin quelqu'un avait le dessus sur Peeson !

L'adolescent marcha vers son bureau, puis s'arrêta brusquement :

— Qu'est-ce que je suis en train de faire, moi ? se dit-il en se tapant la joue. Puis, il se tourna vers son ordinateur : Tô, fait une recherche pour moi. Est-ce illégal de posséder un serpent dans cette ville ?

La réponse ne se fit pas attendre longtemps, Tô étant un individu très, très performant au royaume des ordinateurs : « Seulement les serpents venimeux », répondit-il.

Peeson se retourna vers madame Shupiwa avec un sourire diabolique :

— Werti est un Serpent-Roi. Saviez-vous que le Serpent-Roi est capable de manger plusieurs sortes de serpents venimeux… même s'il n'est pas venimeux lui-même. Votre ignorance vous coûtera cher, madame.

La fillette pâlit. Elle était arrivée triomphante, et en quelques secondes, Peeson avait eu raison d'elle. Bon, peut-être aurait-elle dû vérifier ses informations… après tout, elles les avaient récoltées en écoutant deux dames converser au parc.

— Je reviendrai quand l'heure sera venue, lança Peeson. Plus on est de fous, plus on rit : votre amie Shupiwa participera à la mission.

Peeson s'absenta de la pièce pendant trois minutes. Les prisonniers n'osèrent se parler, de peur d'être mouchardés par Tô, l'ami et serviteur de vous-savez-qui. D'ailleurs, vous-savez-qui ne mit pas beaucoup de temps à vérifier qu'on ronflait bel et bien au deuxième étage. Il revint donc aussitôt et fit signe à ses « amis » que l'heure du cambriolage était venue. Ils montèrent l'escalier péniblement, car leurs jambes tremblaient. Gio fut tenté d'aller s'approvisionner en graines de tournesols, question une fois de plus de se donner du courage.

— Votre frère nous surveille ! vociféra sourdement madame Shupiwa en le tirant par la manche.

— Et puis quoi ? J'ai besoin de mes graines de tournesol, voilà tout.

— Vous allez faire du bruit, éveiller vos parents et ruiner nos chances d'avoir nos billets !

À peine Gio était-il entré dans la cuisine qu'il fut ébloui par des phares. En effet, une automobile arrivait dans l'entrée du garage. La curiosité des deux amis les poussa jusqu'à la fenêtre du salon. Les phares s'éteignirent et les portes avant s'ouvrirent en même temps. On vit deux hommes en complet-cravate émerger du véhicule.

— Je rêve ou quoi? chuchota Gio en se tenant la tête à deux mains.

— Vous les connaissez? demanda madame Shupiwa en regardant par-dessus son épaule pour voir si Peeson se pointait.

— Vous ne les reconnaissez pas? s'étonna Gio.

Les deux hommes en complet se dirigeaient vers la porte d'entrée. Un gros et un petit. Le Gros avait des petits yeux de cochons et des cheveux noirs aplatis sur sa tête bouffie. Quelques gouttes de sueur perlaient sur son front, car la chaleur de la journée ne s'était presque pas dissipée. Le Petit avait de longs cheveux bruns frisés et des gros yeux de grenouille. Est-il besoin de rappeler qu'ils étaient laids, et même grotesques? Mais ils avaient l'air sérieux. Très sérieux.

— Ce sont les avocats de mademoiselle Félicité! s'exclama madame Shupiwa.

Avant que le Gros ait pu sonner à la porte, Gio avançait déjà à sa rencontre:

— Bonsoir, messieurs, articula-t-il malgré la surprise.

— Bonsoir jeune homme. Nous sommes contents de vous trouver à la maison, annonça le Gros.

— Que me voulez-vous? demanda Gio, inquiet de les trouver de nouveau sur son chemin.

— Eh bien, fit le Petit en toussotant, nous venons peaufiner notre petite entente, n'est-ce pas?

Gio garda le silence. Il se demandait quelle nouvelle tuile lui tomberait encore sur la tête.

— C'est-à-dire que, voyez-vous, nous avons oublié de parler de… avança le Petit. En fait, le papa de Félicité n'est pas très content que…

— En fait, notre mandat a été élargi, n'est-ce pas ? interrompit le Gros.

— Oui, voilà ! fit le Petit en souriant.

— Il veut étendre le contrat. Nous vous avions versé une somme pour acheter les droits de votre film pour la région, et nos patrons se sont dit, pourquoi pas acheter les droits pour le monde entier ? C'est tout !

— C'est que… j'ai des projets, dit Gio en pensant à sa projection au Japon.

— Voici une carte d'argent électronique. Vous voyez le chiffre qui y est imprimé ?

— C'est le numéro de code ?

— Non, le montant qui vous sera versé.

Gio écarquilla les yeux. Ce montant avait, comme celui que lui demandait son frère, de quoi faire écarquiller les yeux. Puis, faisant non de la tête, il répondit qu'il n'accepterait pas le marché. Il tenait à projeter son film au Japon.

Madame Shupiwa assistait à la scène, impuissante. Elle fulminait contre Gio. Dans un élan dont elle seule avait le secret, elle entraîna son ami à quelques pas… et lui fit vite comprendre les avantages de cette manne, enfin, ne voyait-il pas qu'ils étaient maintenant sauvés ? Préférait-il risquer un cambriolage dans la chambre de ses parents ? Gio revint la tête basse, mais il signa le document qu'on lui tendait et prit la carte. En fait, il avait la tête basse, mais le cœur léger : c'est qu'il aurait bien souffert d'avoir volé son propre père.

Un « adieu » expéditif fut adressé aux deux avocats. La précieuse carte fut ensuite donnée à Peeson qui demanda à Tô de la vérifier. Enfin, la saga des billets était terminée ! Madame Shupiwa et Gio, nommés crotte de rat et vermine par Peeson, voyaient l'orage s'éloigner, le ciel bleu poindre à l'horizon, les petits oiseaux gazouiller…

« Vérification impossible : système de vérification en panne. Je réessaierai dans cinq minutes », déclara Tô.

28

Vite!

Cinq minutes, est-ce long? Vous voilà déjà en train de fouiller dans vos souvenirs pour faire un inventaire. Dans la catégorie du «long cinq minutes», plaçons le cinq minutes où votre mère vous sermonne parce que vous n'avez pas rangé votre chambre.

Dans la catégorie «très long cinq minutes», plaçons tout de suite celui où, après avoir trop mangé de chocolat, on sent la nausée monter; et c'est aussi dans cette catégorie que se trouve le cinq minutes passé dans un ascenseur, seul avec une personne qu'on déteste.

À quelle catégorie appartient ce cinq minutes où, tard dans la nuit, madame Shupiwa et Gio attendirent que Tô réessaie de confirmer la carte, le tout en la charmante compagnie de Wert et Peeson? Ce cinq minutes aura certainement une place de choix au panthéon des «plus longs cinq minutes» de l'histoire.

Mais puisque toute mauvaise chose a une fin, ces cinq minutes finirent par passer et Tô tenta à nouveau de confirmer. Il envoya un message. Après quelques secondes, il donna le résultat:

— Système de vérification toujours en panne, affirma-t-il. Je réessaierai dans cinq minutes.

Il en alla ainsi de cinq minutes en cinq minutes, qui firent une heure, puis deux. La tension montait à chaque intervention infructueuse de Tô. Les enfants se mordaient les lèvres en se disant que l'avion allait partir sans eux. Pourtant, ils s'accrochaient à chaque cinq minutes, comme s'ils étaient en train d'escalader une montagne. Au petit matin, les apprentis voyageurs étaient cernés, au bord de la crise de nerfs, et allaient céder au désespoir. C'est alors que Tô leur annonça enfin que la vérification était réussie. Ils explosèrent de joie et auraient ouvert une bouteille de champagne… s'ils en avaient eu l'âge.

Hélas, ce moment de joie serait de courte durée pour madame Shupiwa, qui allait vivre un moment pénible.

— Je vais maintenant imprimer les billets, annonça Peeson.

— Mais n'étaient-ils déjà dans cette enveloppe bleu ciel? s'étonna Gio.

— C'était pour les besoins de ma mise en scène, eh, tête d'œuf. En réalité, je ne peux pas imprimer vos billets tant que je n'ai pas vos noms. En fait, j'espère qu'ils sont toujours réservés… oh, ce serait malheureux si les billets n'étaient plus disponibles… dit-il en espérant créer un dernier épisode d'angoisse chez ses clients.

Malheureusement pour Peeson, ses clients étaient trop blasés pour réagir.

— Bon, allez, donnez-moi les noms à inscrire sur les billets. J'en ai assez de vous voir ici. Vous polluez mon environnement.

On nomma donc tous les coéquipiers des Tournesols souriants. Cependant, une fois de plus, madame Shupiwa ne voulu pas dévoiler son vrai nom, celui qu'elle avait enfoui bien loin dans son passé.

— Laissez-moi vous le dire dans le creux de l'oreille, monsieur Peeson, suggéra-t-elle.

— Impossible. Vous risquez de postillonner dans mon oreille et rien que d'y penser, j'ai le goût de vomir. Dites-le à haute voix.

— Je vous en prie… supplia-t-elle.

— Dites-le à Tô.

La jeune fille au nom secret s'empressa de s'exécuter avant que l'ado ne change d'idée. Elle chuchota son vrai nom dans le microphone. Tô inscrit le nom et imprima les billets. Peeson lut le nom sur le billet et sourit.

— C'est tellement drôle que j'ai le goût de le crier, railla-t-il.

— Oh, ce n'est pas nécessaire, assura Gio en haussant les épaules.

— Oh, j'insiste, c'est ma tournée, mon privilège.

— Et si je vous racontais d'où sort le nom de madame Shupiwa, vous vous abstiendriez de dévoiler mon nom ? supplia-t-elle.

— Ça dépend de l'histoire.

La jeune fille n'avait pas le choix, elle préférait dévoiler l'origine de son nouveau nom plutôt
que de révéler l'ancien. Elle passa donc aux
aveux.

— Cela date de quelques années. Dans la cour
d'école, quelques fillettes s'étaient réunies autour
de moi et…

— Pas une histoire de fillettes! Je baille rien que
d'y penser. Prenez les billets et disparaissez, dit
Peeson dont la fatigue émoussait la patience.

Les billets furent remis et madame Shupiwa les
glissa dans une poche secrète de sa jupe. Il était
moins une. Gio partit immédiatement vers l'aéroport avec les bagages. Madame Shupiwa se précipita chez elle. Son plan était d'arriver à la maison
pendant qu'on y dormait encore. Elle entra en
coup de vent, fila vers la salle de bain pour se
rafraîchir le visage et tomba face à face avec sa
mère.

— Où étais-tu? lui demanda cette dernière en
lui barrant le chemin.

— J'avais besoin de prendre l'air frais du matin,
lui répondit sa fille en évitant son regard.

— J'étais inquiète! Imagine, j'ai même cru que
tu t'étais enfuie au Japon! s'exclama-t-elle.

Toujours aussi surmenée, la mère ne remarqua
pas les yeux cernés et le teint blafard de sa fille.
Entre-temps, monsieur Zatan avait complété la
nuit de recharge de ses piles et s'avançait vers les
dames de la maison.

— Bonjour, mes très chères mère et sœur! Je vous souhaite une journée remplie de bonheur!

— Oh, qu'il est chou, ce tomoto! s'exclama sa maman, qui avait déjà oublié la facture salée de la réparation de monsieur Zatan.

— Et que vous êtes gentille, ma maman, lui susurra-t-il, ignorant tout des propos qu'elle avait tenus lors du paiement de ladite facture.

— Eh bien, puisque tout le monde est ici, c'est l'heure d'annoncer ma petite surprise... chantonna leur mère.

Une surprise? Une autre! Si elle avait été un chat, madame Shupiwa aurait dressé les oreilles à la recherche du danger imminent. C'est ce qu'elle fit, mais discrètement, tout en s'inquiétant pour l'avion qu'elle avait à prendre.

— Voilà: ma chérie, tu vas finalement aller chez ta grand-mère! déclara sa mère avec joie.

Où? Que, quoi, donc? Comment, pourquoi? Il y avait tempête dans la tête de madame Shupiwa, car sa mère avait le don de la mettre dans des états d'esprits troubles...

— Chouette! Enfin je vais aller la visiter! s'exclama la petite fille. Attends, maman, je dois aller aux toilettes, mais je reviens tout de suite, dit-elle, utilisant encore une fois son excuse préférée pour fuir les situations compliquées et aller réfléchir en paix.

«Chouette mon œil, pensa-t-elle. Quoi faire maintenant avec mes amis qui m'attendent à l'aéroport?

Tout cela est de la faute à maman : Si j'aurais[1] été chez grand-maman plutôt qu'à ce camp maudit, rien de tout cela ne serait arrivé. Oui, c'est à cause de maman si je suis dans le pétrin ! Je ne peux pas laisser tomber mes amis ! Ah mais j'ai une solution : je vais raconter à maman que dois aller à l'aéroport pour dire au revoir à des amis qui partent en vacances. Hop, je vais leur apporter les billets vite-fait. Plus tard, je téléphonerai à papa pour lui demander qu'il les héberge. Et dans quelques jours, j'irai les rejoindre au Japon avec grand-maman ; elle voudra, c'est sûr ! »

Merveilleux ! Elle pouvait maintenant revenir sur la scène. Elle fut accueillie par sa mère qui attendait derrière la porte :

— C'est quoi cette histoire de billets ? lui demanda-t-elle, les sourcils en accent circonflexe.

— Gaa, gaaa, ree, furent les seules paroles que put prononcer la jeune fille. Comment sa mère avait-elle été mise au courant pour les billets d'avion ?

— Oooh, ne soit pas si humble, monsieur Zatan m'a tout raconté. M'inviter à l'opéra ce soir, quelle belle trouvaille ! Tu es vraiment trop adorable, ma chérie, s'exclama sa mère en l'embrassant.

— Oh, ça ! Oui, ces billets-là ! dit madame Shupiwa en se rappelant le mensonge qu'elle avait

---

1. Ah, si seulement monsieur Zatan avait été là pour lui dire qu'il fallait utiliser « avait » et non « aurait » !

raconté à son tomoto. Tu sais maman, quand je les ai achetés, je ne savais pas que j'allais chez grand-maman… Je vais me faire rembourser les billets et nous irons une autre fois, à l'opéra, voilà tout! ajouta-t-elle en riant nerveusement.

— Ooh, ma chérie, ce n'est pas si grave! Nous reporterons notre visite chez ta grand-mère à samedi prochain! Passer un week-end chez elle, c'est une activité qui se déplace, alors qu'une invitation à un spectacle d'opéra, surtout sur l'initiative de ma fille aimée, ça ne se déplace pas!

Week-end? Seulement un week-end chez sa grand-mère? Et avec sa mère par-dessus le marché! Voilà qui changeait tout. Avant de déchanter complètement, madame Shupiwa vérifia si elle avait bien compris

— Je ne vais pas chez grand-maman pour tout le reste de l'été? s'enquit-elle.

— Et comment pourrais-tu? Tu n'as même pas terminé ta formation au camp Selabor! répondit sa mère en haussant les épaules.

Oui, bon, voilà qu'elle revenait sur le tapis, cette formation au camp Selabor. Dieu merci, tout cela appartiendrait bientôt au passé! Madame Shupiwa revint à son plan de départ: endormir la vigilance de sa mère avec une bonne histoire et ensuite se précipiter avec son tomoto à l'aéroport.

— Oui, bien sûr, il faut que je complète ma formation au camp Selabor, tu as raison, maman. Bon, eh bien, j'oubliais, ce n'est pas tout ça, je dois aller chercher du sucre pour monsieur Zatan, mentit la jeune fille.

— Je croyais qu'il en restait une boîte ! Tu es sûre qu'il n'en reste plus ? s'étonna sa mère.

— Aussi sûre que nous allons à l'opéra ce soir, affirma cette fois-ci très honnêtement madame Shupiwa.

— Bon, d'accord, mais nous devons t'acheter des vêtements élégants pour cette soirée spéciale… alors fais vite !

Bien dit : elle allait faire vite, en effet.

29

Dernière minute

La fillette tira monsieur Zatan par la main et vola jusqu'à sa trottinette. Elle démarra en trombe et accéléra fortement, même si elle savait que sa mère l'observait. À quoi bon se cacher maintenant ? Cet écart de… conduite serait bien vite oublié quand on découvrirait tout le reste. La trottinette fut donc poussée au maximum de sa puissance. Il restait peu de temps pour se rendre à l'aéroport. En dix minutes, ils étaient dans le stationnement de la station de métro.

— Ma sœur, c'est ici que nous achèterons le sucre ? demanda monsieur Zatan.

Madame Shupiwa ne répondit pas. Pas le temps. Elle poussa son frère vers le guichet, acheta des billets et se pressa d'entrer dans le wagon avant que le métro s'enfuie vers l'aéroport.

— Ma sœur, je sens qu'il y a quelque chose d'anormal qui se trame, affirma monsieur Zatan.

— Pour tout vous dire, mon cher frère, nous allons loin, lui répondit-elle sur le ton de la confidence.

— Pour aller chercher du sucre? demanda-t-il candidement.

— Je réponds à cette question à condition que vous me promettiez de ne pas crier, de ne pas faire de bruit et de ne pas vous faire remarquer.

— Vous savez que je vais vous obéir, c'est dans mon programme.

— Alors voici : nous partons en voyage.

— Chic! J'aime les voyages! s'exclama le tomoto.

Madame Shupiwa ne comprit pas très bien cette réaction. Le pansement qu'on avait appliqué à monsieur Zatan commençait-il à perdre de son efficacité?

— Tant mieux, tant mieux, fut tout ce qu'elle osa répondre.

— Et où partons-nous? demanda-t-il en la regardant avec ses grands yeux de saint-bernard.

— C'est une surprise, répondit-elle en souriant.

— Mais…. ciel! Notre mère croit que nous l'accompagnons à l'opéra ce soir! Elle sera déçue! Inquiète! Traumatisée!

— Ne vous inquiétez pas, elle sera avertie en temps et lieu, lui assura madame Shupiwa, un peu crispée.

Le métro fonça vers l'aéroport, comme s'il savait que la jeune fille était pressée. Mais, malgré toute la bonne volonté des locomotives, les voyageurs arrivèrent tard. Ils se rendirent au petit restaurant devant lequel ils avaient rendez-vous. Annisse faisait le pied de grue devant la porte, piaffant d'impatience.

— Vous voilà enfin! Vous êtes en retard! cria-t-il, exaspéré. Elle était agréable, votre grasse matinée, hein? J'étais prêt hier, moi! Je me suis couché tôt, moûa! grinçait-il de sa petite bouche molle.

Si elle avait été aussi rusée que Peeson, madame Shupiwa aurait tout simplement laissé l'encombrant Annisse au pays. Que lui importait maintenant qu'il raconte tout à sa mère? Malheureusement, la gamine n'avait ni la finesse du frère de Gio et encore moins les heures de sommeil nécessaires pour accoucher d'une telle idée. C'est donc son instinct animal prit le dessus. Elle avait soudain grand besoin de se défouler et plia les bras comme on comprime un ressort pour les relâcher ensuite brusquement sur Annisse, qui tomba à la renverse. Il en résulta un moment de silence qui fut suivi, c'était à prévoir, des sanglots bruyants de la victime. Son tomoto le consola du mieux qu'il put. Quant aux autres, ils étaient occupés ailleurs; le temps pressait, mais faute de savoir lire, nul ne trouva à quel guichet ils devaient se présenter. Le débrouillard Gio examina attentivement les billets. Il parcourut ensuite la salle des yeux. «C'est là!» affirma-t-il en pointant un guichet juste devant eux. On pouvait y voir le même logo que sur les billets. Il montrait tant de confiance que tous le

suivirent sans poser de question. La préposée sié-
geant au comptoir semblait y avoir été oubliée
depuis cent ans. Son chignon noir était parfait,
mais elle avait l'air terriblement fatiguée, figée
ainsi sur sa chaise. Madame Shupiwa lui présenta
les billets et un beau sourire. La dame les ins-
pecta attentivement, puis foudroya les enfants du
regard.

— L'avion va partir dans trois minutes! Vous
deviez vous présenter ici il y a plus de deux heures!
tempêta-t-elle.

— Oui, nous avouons notre crime, répliqua
madame Shupiwa en levant les yeux au ciel. On
peut procéder, maintenant?

— Où sont les adultes qui vous accompagnent?
demanda la préposée.

— Nous sommes seuls, répondit Gio.

— Bon, alors vous avez sûrement avec vous une
lettre vous autorisant à voyager sans vos parents.

Voilà un petit détail que madame Shupiwa et
Gio ignoraient. Par contre, Annisse brandissait
déjà l'enveloppe d'une main victorieuse. Quant à
ses amis, ils firent mine de chercher dans leurs
sacs.

— Mais, madame Shupiwa, vous ne pouvez
avoir... commença Annisse.

Il fut interrompu juste à temps par Gio qui
utilisa la technique du ressort: c'est-à-dire qu'il
avait bien plié les bras et bien poussé Annisse. Une
fois encore, Annisse s'effondra sur le plancher déjà

jonché d'écales de graines de tournesol (Gio ne perdait pas une minute).

La préposée les regarda en serrant les dents. C'est qu'elle commençait drôlement à s'impatienter, d'autant plus que sa pause-café approchait. Et quand un employé commence à s'impatienter, Dieu sait ce qui peut arriver?

— Cela suffira comme ça! trancha-t-elle. Donnez-moi vos passeports que je fasse l'inscription! Ensuite, filez jusqu'à la porte quatorze!

— Oui, la dame dit vrai et a raison, confirma monsieur BolaBola, jusque-là plutôt occupé à relever son frère.

Vraiment, ils jouaient de chance! Un peu plus et ils n'embarquaient pas dans cet avion! Ils cavalcadèrent dans les couloirs de l'aéroport. Madame Shupiwa profita du désordre pour donner quelques fausses informations à monsieur Zatan. Elle lui expliqua qu'ils étaient invités à passer deux semaines chez son père au Japon. Ce dernier reviendrait avec eux à la maison, ce qui ferait une chouette surprise à sa mère.

Ils s'engouffrèrent dans l'avion tête baissée. L'agent de bord pointa en direction de leurs sièges, tout au fond de l'appareil. On pouvait les repérer facilement, car c'était les seuls sièges vides. Madame Shupiwa prit place près du hublot avec à ses côtés Gio et monsieur Zatan. Les frères Annisse et BolaBola s'installèrent derrière eux. Ainsi, Annisse put bouder plus à l'aise.

30

Partir et pâtir

L'avion décolla tout en douceur. Gio et madame Shupiwa poussèrent un grand soupir, étirèrent lentement leurs jambes et s'apprêtaient à se reposer un peu. Les derniers jours avaient été corrosifs. Il leur fallait maintenant une pause-santé. Ils se délectèrent d'un bon jus d'ananas-moutarde et respirèrent encore profondément. Ils disposaient de quelques heures de calme avant le débarquement. À l'arrivée, madame Shupiwa demanderait à son père qu'il les héberge tous. Ensuite, les contacts du père d'Annisse allaient aider à trouver le créateur de monsieur Zatan. L'affaire serait bouclée vite fait. La jeune fille aurait donc plusieurs journées pour faire du tourisme. En fin de compte, elle réussirait à sauver son été d'un naufrage complet. Gio avait pour sa part décidé de faire un film sur son expérience au Japon et il avait déjà hâte de le présenter. La bonne humeur était de retour au sein de l'équipe, même Annisse souriait de nouveau.

En voyant le plancher jonché d'écales sous les sandales de Gio, madame Shupiwa se souvint de ce premier matin au camp Selabor. Elle se souvint aussi d'une conversation inachevée.

— Monsieur Gio, j'y pense, vous ne m'avez toujours pas expliqué l'origine de votre nom !

— C'est vrai ! Chaque fois, j'ai été interrompu ! Eh bien, c'est le moment parfait pour en parler, nous avons tout notre temps ! Mais tout d'abord, j'aimerais bien connaître l'origine de votre nouveau nom.

— Je veux bien vous raconter. Cela date de quelques années. Dans la cour d'école, quelques fillettes s'étaient réunies autour de moi. Elles se mirent à me traiter de laideron en riant. « Elle est laide comme un pichou ! » criaient-elles. Tout à coup, elles se sont mises à scander « Ouah ! Pichou ! Ouah ! Pichou ! » J'étais figée par la surprise. Ensuite par la douleur. Mais je ne restai pas figée très longtemps, car la détresse me donna envie de fuir. Alors je me suis sauvée, j'ai quitté la cour d'école. Je courus sans relâche jusqu'à la maison. Heureusement, ma grand-mère était en visite chez moi. Je dis heureusement, car ma grand-mère n'a pas son pareil pour me consoler. Blottie dans ses bras, je lui racontai ma mésaventure. Quand j'eus pleuré un bon coup, elle me dit en souriant : « Nous allons combattre le feu par le feu… et faire d'une pierre deux coups. » Tout d'abord, elle décida qu'il fallait changer mon nom, car je ne l'aimais pas. Ensuite, elle m'expliqua que les vilaines fillettes avaient tout faux. « Moi, je te trouve très mignonne avec tes bouclettes brunes. Tu n'es pas laide comme un pichou, tu es belle comme un cœur », me chuchota-t-elle en prenant mon visage dans ses mains. Elle renversa donc « Ouah ! Pichou » en « chou-pi-ouah » ! J'ai trouvé ça très amusant. Pas très longtemps après, j'ai changé d'école. J'en ai alors profité pour me faire connaître seulement sous mon nouveau nom.

— Oh, elle est géniale votre grand-mère, s'exclama Gio.

— Maintenant, c'est à votre tour de me parler de votre nom, enchaîna rapidement madame Shupiwa, car elle craignait que Gio la questionne sur vrai nom.

— Alors, voici : comme je vous ai déjà dit, mes parents sont férus de sport. Leur grand rêve est de voir leurs enfants devenir des athlètes accomplis. C'est raté pour Peeson, à moins que la mesquinerie ne devienne une discipline sportive. Enfin, grâce à Dieu, il est déjà loin, celui-là.

C'est alors qu'Annisse, doué pour interrompre les conversations, y alla d'un tour de piste. Il était debout sur son banc, les mains appuyées aux dossiers des sièges de ses amis.

— Avez-vous entendu le pilote ? s'étrangla-t-il d'une voix paniquée.

— Non, monsieur Annisse, car nous discutions, répondit madame Shupiwa, agacée. J'imagine qu'il a annoncé des turbulences ; rien de plus normal. Asseyez-vous maintenant, dit-elle d'un ton de mère supérieure[1].

----
1. Mère supérieure : patronne d'une communauté religieuse.

— Ah, des turbulences! Oui, des turbulences! Je vais vous en annoncer, moi! Nous sommes dans le mauvais avion! Le mauvais avion! hurla Annisse.

— Vous me fatiguez, monsieur Annisse. Si j'en avais encore la force, je crois que j'utiliserais encore sur vous ma technique du ressort, menaça madame Shupiwa en soupirant.

Mais Annisse n'entendait rien. Il gesticulait comme un pantin. Sa figure gonflait et s'emplissait de plaques rouges.

— Le pilote, il a dit, il a dit que nous allions au Gabon! Au Gabon!

Madame Shupiwa et Gio s'esclaffèrent: ce cher Annisse avait mal compris, et il sautillait encore une fois pour rien. Pour le rassurer, madame Shupiwa demanda à monsieur Zatan de se servir de son système de réécoute qui lui permettait d'entendre les trente dernières secondes enregistrées par ses appareils auditifs. Malheureusement, l'écoute confirma l'inimaginable: ils volaient bel et bien vers le Gabon. Leur cœur se mit à battre la chamade. Ils demandèrent à l'agent de bord de vérifier les billets; elle leur confirma que les billets étaient valides et qu'ils étaient dans le bon avion, vers le Gabon. Une lourde minute de silence passa. Minute pendant laquelle les enfants prirent pleinement conscience de la situation: ils se dirigeaient vers un pays inconnu où personne ne les attendait!

— Monsieur Gio, vous êtes un ver de terre!

Madame Shupiwa mordit dans chaque syllabe. Elle était incapable de desserrer les mâchoires tellement elle bouillait. La fillette avait enfin retrouvé son souffle après une longue minute de suffocation, mais elle fixait toujours l'horizon à travers le hublot.

De son côté, le jeune garçon, ci-avant nommé le ver de terre, n'aurait jamais imaginé se faire insulter de la sorte par sa meilleure amie. En plus, l'avion frayait maintenant à travers une zone de turbulence. L'engin semblait avoir le hoquet, ce qui empirait les choses, comme si cela était encore possible.

— Ver de terre? Madame Shupi, ma chère sœur, si vous faites allusion au petit animal au corps long, mou et sans pattes, il serait préférable de dire lombric terrestre, précisa gentiment monsieur Zatan, l'index levé tel un professeur qui fait la leçon.

Le tomoto eut non seulement le don de faire ses commentaires au mauvais moment, mais il eut en plus le génie d'en rajouter : Et… si j'étais vous, j'ajouterais un qualificatif. Tiens, pourquoi pas béotien[2]? Alors reprenons : Monsieur Gio, vous êtes un lombric terrestre béotien! Ah! çà, oui! C'est beaucoup mieux! Voilà qui a du mordant! s'exclama-t-il gaiement.

— Vous, faux-frère, taisez-vous, vous n'y connaissez rien en insultes! Et d'abord tout ça c'est à cause de vous! lança madame Shupiwa, exaspérée.

---

2. Béotien : brute, lourd, épais.

À cette remarque venimeuse, le «faux-frère» baissa tristement ses grands yeux de vache. L'avion roulait et tanguait comme un bateau en pleine tempête. Gio avait la tête entre les mains et ce n'était pas à cause du mal de l'air. Il essayait plutôt de contenir le flot de ses pensées, car elles se bousculaient dans sa tête comme une foule prise au piège dans un placard en flammes.

— Foi de Gio, je n'y comprends rien! Il y a sans doute une erreur… conclut-il.

Madame Shupiwa le regarda avec désespoir.

— Vraiment, je ne sais pas comment… tenta encore Gio.

— Ne dites plus rien, espèce de lombric terrestre béotien! ragea-t-elle. Nous sommes perdus! Perdus!

La fillette avait les larmes aux yeux. La pauvre enfant se sentait si petite dans cette situation devenue tout à coup trop grande pour elle. Elle devint toute molle, comme la gazelle qui cesse de lutter contre le lion qui la dévore déjà.

Plus un mot ne s'échangea jusqu'à l'atterrissage. Étonnamment, personne ne pleura. Ils étaient tous là, hébétés, à attendre l'atterrissage comme des condamnés sur le point de monter à l'échafaud.

Lisez la suite des aventures de madame Shupiwa et sa bande dans le Tome II : *Seuls à bord*

Table des matières